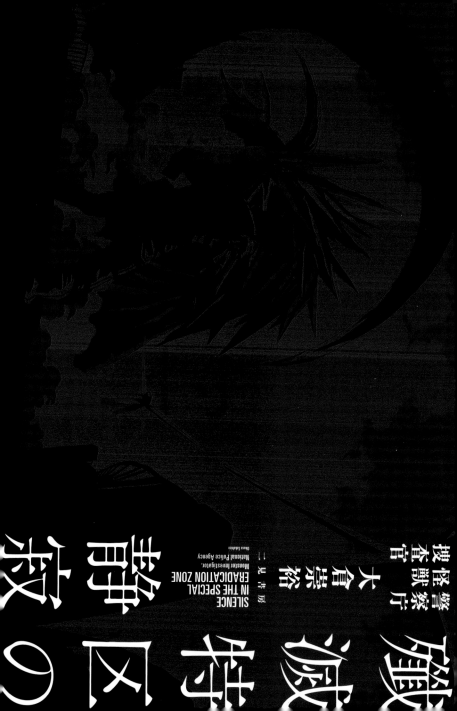

殲滅特区の静寂

警察庁怪獣捜査官

大倉崇裕

SILENCE IN THE SPECIAL ERADICATION ZONE
Monster Investigator, National Police Agency
Okura Takahiro

二見書房

SILENCE
IN THE SPECIAL
ERADICATION ZONE
Monster Investigator,
National Police Agency

CONTENTS

第一話

風車は止まらなかった

装幀　坂野公一（welle design）
装画　田中寛崇

第一話

風車は止まらなかった

一

「対象特定。現在侵攻中の怪獣はグランギラスです」

岩戸《いわと》正美《まさみ》は、頭に叩《たた》きこんである怪獣の全データの中から、必要な情報を引っ張りだす。

「一九七一年八月に、瀬戸《せと》内海《ないかい》に侵入した個体と同一種ね」

正美と背中合わせに座る尾崎《おざき》が右側面のモニターに資料を映しだす。体長五十三メートル、体重二万三千トン。タイプは水陸両棲《りょうせい》で陸上時は二足歩行――。左側面のモニターには、七一年上陸の様子を伝える新聞記事、テレビ映像などが次々とポップアップされていく。

尾崎の報告は淡々としていて無駄がない。

「前回出現時には太平洋南岸から接近、徐々に進路を西寄りに変え、瀬戸内海の桑島《くわじま》に上陸しました。島には漁師など五十六名がおり、二十三名が死亡、十名が負傷しています」

「攻撃能力はさほど高くないはずね。死傷者が多いのは、ふいをつかれたからか……」

「グランギラスは全身が鱗状《うろこ》の物質で覆われており、物理的攻撃はほとんど効果がなかったとあります」

「私の記憶では、熱、乾燥に弱かったはず」

「その通りです。鱗はヨロイの役目を果たすと同時に、体内の水分の蒸発を防ぐ役割をしていると思われます。当時の怪獣庁科学主任が考案した電極板放熱器で撃退しています」

「電極板でグランギラスを挟み、そこに三百万ボルトを流し、乾燥させた……」

「怪獣は即死。回収した鱗素材を解析し、通気性プラスチックの開発の元となりました」

「グランギラスの上陸予想地点は?」

「まだ絞りこめません。視力、聴力のデータも少なく、誘導可能かどうか判断がつきませんので」

「このまま直進すれば、静岡県沿岸、旧清水《きゆうしみず》エリアね」

「過去のデータから見ると、沿岸部で西にコースを変える恐れもあります」

「となると、沿岸一帯がすべて含まれる。絞りこみは難しいか」

正美のデスクにある通信機は、先から緑色に点滅していた。「殲滅班《せんめつ》」が痺《しび》れを切らし、情報を求めている。正美は通信ボタンを押す。

「上陸予想地点は静岡沿岸部。弱点は乾燥。攻撃には電極板放熱器を使用のこと」

「上陸予想地点、もう少し絞りこめないか?」

通信機の向こうから、不満を隠そうともしない野太い男の声が聞こえる。殲滅第三班班長の海江田《かいえだ》だ。

「現時点では難しい」

「電極板放熱器は、特定地点まで怪獣を誘導する必要がある。現段階では不確定要素が多すぎる」

「では……」

「最新式の熱攻撃兵器M八〇〇〇TCシステムを使用する。怪獣の進路に敷設する事で効果を発揮できる。しかし、沿岸一帯とは、いくらなんでも広すぎる」

「対象の接近に伴い、予想地点はさらに絞りこめるはず」

「上陸予想時刻は?」

「午後九時半前後」

「静岡沿岸部には、海風を利用した風力発電所施設が多い。作業員たちの居住地区もある。避難指示が必要だ」

「了解。避難指示が必要となった場合、発令は午後八時。避難完了は八時半を目指す。それでいかがでしょうか」

「いいだろう」

通信が切れる。それを確認し、正美は椅子に背を預け、ほんの少しだけ緊張を解いた。グランギラスの誘導方法が不明な限り、上陸地点は怪獣のみぞ知るだ。あとはひたすらモニターし、変化があれば素早く対応するしかない。

現在の時刻は午後四時二三分。正美は軽く指で目頭を押さえた。これから数時間、モニターとのにらめっこが続くのだ。首尾良く解決したら、マッサージの予約を入れよう。

正美は機器類で埋め尽くされた狭い空間を見渡す。正面には日本近海を捉えたモニター。グランギラスの現在地には赤い丸が点滅している。

「岩戸予報官、今のうちに、少し休憩されては?」

背後から尾崎の声がした。

「そうしたいのは山々だけれど、静岡支部から派遣予定の第三予報官がまだ来ていない」

怪獣接近時の予報は、三人態勢で行われるのが常だ。オペレーションルームを二人以下にしてはならないという規則もある。

「第三予報官ならもう外に来ています。分析が一段落するのを待っているようですよ」

正美は席を立ち、計器類の間をすり抜けると、顔認証でドアのロックを外す。ゆっくりと外側に開いた扉の向こうに、小柄な男が立っていた。顔は日焼けし、髪は五分刈り。怪獣省のロゴが入った紺色のジャンパーを着用していた。

背筋を伸ばしつつ、流れるような動作で静かに敬礼をする。

「橋本義臣《はしもとよしおみ》第三予報官で……」

正美はその甲高い声を遮る。

「軍隊式の挨拶は止めて。怪獣省は軍隊じゃない。自衛隊からも独立した組織なんだから」

「はっ、しかし……」

「少し休憩するから、中に入って尾崎第二予報官から状況を聞いておいて」

「はっ」

橋本はまだ敬礼を解かない。怪獣省には自衛官上がりがまだ多い。首都圏はともかく、地方に行くと、いまだ古い習慣がしつこく居座っている。

「敬礼は止めて。今度やったら、交代させる」

「は、はぁ……」

おずおずと敬礼を解く橋本を尻目に、正美はステップを下り、目の前の景色を見やる。

白波をたてる荒れた海が広がっていた。静岡県、かつて清水区《しみず》のあった場所だ。西に少し車で走れば、三保《みほ》の松原《まつばら》で有名であった三保半島、東に走れば、富士山《ふじさん》の見事な眺望が拝める日《に》本平《ほんだいら》。

だが、それらはすべて遙《はる》か昔の話だ。今はコンクリートで固められた人工的な光景しかない。

正美は正面の海に目を戻す。この海の彼方《かなた》に、正美たちの敵、グランギラスがいる。潜行し、音もたてず、日本に向かっている。

「さて、どうでるか……」

あらためて視線を海岸線に移すと、そこには巨大な風車が無数に並んでいた。コンクリートの海岸線に沿って、白い風車はどこまでも続いている。海からの強い風を三枚のブレードに受け、風車はゆっくりと一定の速度で回転を続けていた。

大きく変貌した光景を目に焼きつけながら、正美は瀬戸内で起きた過去の惨劇の事を考える。

一九七一年、進路を変えたグランギラスは、桑島に上陸した。なぜ、桑島だったのか。今まで上陸は偶然とされてきたが、果たして本当なのか。何か理由があったのではないか。桑島には何か、グランギラスを引きつけるものがあったとしたら。

どれだけ過去のデータを見直しても、正美の不安は消え去らない。

天気は曇り。肌寒さを感じ、正美は手にした怪獣省ロゴ入りのジャンパーをはおった。

日本が最初の怪獣災害に見舞われたのは、一九五四年のことだ。以来、世界各地は正体不明の巨大生物「怪獣」の脅威に晒《さら》されてきた。とりわけアジア地区は、他地域に比べて怪獣出現頻度が高く、多くの都市が、多くの人命が失われていった。

中でも被害が深刻であった日本は、一九六〇年代から、怪獣対策に本腰を入れ、一九七〇年には、データの収集、対怪獣兵器の開発などを行う専門機関として怪獣庁を設立、国を挙げて、怪獣撃滅に乗りだした。

当初は対岸の火事と楽観的だった欧米も、やがて自国の主要都市が怪獣の襲撃を受けると、慌てて対策を講じ始めた。しかし、その時点で日本の対怪獣技術は数歩先を行っており、結果として日本は、対怪獣先進国としてその名を轟《とどろ》かせることとなった。

怪獣庁が造り上げた怪獣撃退のモデルプランは三つのプロセスからなる。「発見解析」、「分析予報」そして「殲滅」だ。

日本の領土内に出現した怪獣をいち早く探知し、種類を特定する。続いて特定された怪獣のデータなどから特性、弱点を分析し、上陸地点の予想さらには誘導を行い、被害を最小限に食い止める。最後は、怪獣の弱点を突き、完全に殲滅する。

発見解析に当たるのは、「索敵班」が受け持つ。日本領土内にくまなく張り巡らせたレーダー網で、海上、空中、地底、あらゆる場所の異変をキャッチし、ターゲットの種別を特定する。

怪獣の特定が終了した時点で、作戦は「予報班」に引き継がれる。特定された怪獣を過去のデータ等から分析し進行方向などを予測。誘導可能な場合はそれを行い上陸地点を特定。同時に弱点などを調査し、有効な攻撃方法を策定する。

怪獣上陸以降は、「殲滅班」が担当する。日本領土内には沿岸部すべて、及び内陸の特定地域に、怪獣殲滅特区が設けられている。そこには各種対怪獣兵器が格納され、殲滅班のリーダーは、「予報班」の解析を元に兵器を選択、特区内で怪獣を完全に殲滅する。

「三本の柱」と呼ばれる怪獣撃退体系は日本モデルと呼ばれ、今では世界ほとんどの国々で採用されている。

また、対怪獣兵器開発でも日本企業は常に一歩先を行っており、今や兵器関連で世界市場をリードするまでになった。

そうした事などから、日本は現在、未曾有《みぞう》の好景気に沸いており、度重なる怪獣災害にも関わらず、国民は豊かな暮らしを享受しているのであった。

二〇〇〇年三月、「怪獣庁」は「怪獣省」となり、さらに体制の強化が図られた。怪獣省の目標は、怪獣災害による年間死者数ゼロ。発足以来、残念ながらいまだ達成されてはいないが、それでも、昨今の年間平均の死者は十名を下回り、それは他国には真似《まね》のできない、圧倒的な数字なのであった。

岩戸正美は、予報班初の女性第一予報官（班長）である。着任して三年半。遂行した作戦は二十を超える。そのすべてを、大きな被害をだすことなく、おさめてきた。中には過去のデータにはない怪獣とのファーストコンタクトもあったし、類似個体の識別にタイムリミットぎりぎりまで迷ったこともあった。

それでも、大過なく任務を遂行してきた自負と自信がある。

今回の相手は果たしてどうか。正美は灰色の海を見ながら思う。

通常、怪獣対策の作戦は、首都東京の怪獣省本部地下にあるメインルームで行われる。だが、予報業務だけは別で、常に怪獣上陸が予想される地点に移動して行う事が慣例となっていた。理由はただ一つ。怪獣を視認によって確認するためだ。過去のデータ画像やモニターごしの映像でも、特定は十分に可能だ。しかし、予報官は肉眼にこだわる。自身の目で直接、それも可能な限り間近で怪獣を視認することが、より確実な怪獣殲滅に繋《つな》がると歴代予報官は信じてきたのだ。

今現在においても、視認第一主義は徹底して貫かれ、日本各地に予報業務用の拠点ベースがあり、移動のための専用の垂直離着陸機《VTOL》及び、地上移動用の装甲輸送車が配備されている。

今回、正美は第二予報官尾崎とともに垂直離着陸機で静岡空港まで飛び、そこから装甲輸送車でグランギラスの進行をうかがいながら、島田《しまだ》、焼津《やいづ》、静岡を経て、旧清水区までやって来ていた。

正美は背後にある拠点ベースを振り返る。傍目《はため》には、巨大災害の命運を左右する中枢があるとは思えない、ごくごく小さな、正方形の建物だった。外壁は剝《む》き出しのコンクリートのままであり、窓もない。屋根は平らで冷暖房用のファンや換気用のダクトなども一切ない。入り口は海側に一つ、所々、錆《さび》の浮き出た鉄製の扉があるだけだ。扉の表面にノブなどの手がかりになるものは何一つない。

周囲は一般人立入禁止区域であるとはいえ、警備の中には、この建物が予報班の拠点であると気づいていない者すらいる。

この地味な外観は、カムフラージュの意味合いもあるが、いざ決戦となった際、建物ごと地下に収納するためでもある。内部の空調などはすべて地下ケーブルを通して行われ、地下格納状態で数週間の作戦続行が可能だ。実のところ、最新鋭の核シェルターを凌《しの》ぐ機密性、堅牢性《けんろうせい》を備えているのだ。

壁内のセンサーが正美の生体パルスを読み取り、扉が音もなく横に開く。

中では尾崎と現地スタッフである橋本とのブリーフィングが続いていた。

正美は尾崎に声をかける。

「尾崎第二予報官、休憩の番よ」

「はい」

尾崎は橋本との会話の途中であるにも関わらず、すぐに立ち上がる。

「三十分で戻ります」

軽く顎を引くと、外に出て行った。

正美は正面モニターを睨《にら》む。グランギラスの進行に変化はない。まっすぐ清水に向かってい
る。上陸予定時刻にも変化なし。

窓もなく照明も落としているが、各モニター、計器類の光で室内は十分に明るい。そんな中
で、橋本は幾分興奮気味に、刻々と掲示されるデータを見つめていた。

そんな橋本を横目に、正美は自身のタブレット端末を立ち上げ、怪獣省のデータベースにア
クセス、一九七一年のグランギラス上陸に関する情報を今一度、ピックアップしていった。

目的の新聞記事はすぐに見つかった。今まで気に留めたこともなかった記事だが、先ほど海
を見ていて、ふと気づいたことがあったのだ。

正美はタブレットから顔を上げ橋本を見た。

「橋本第三予報官、旧清水区一帯の海岸線には、風力発電用の風車が並んでいるわね」

橋本は一瞬、ポカンと正美を見つめていたが、すぐに引き締まった顔つきとなり、答えた。

「おっしゃる通りです。原発の全廃が決まって以来、自然エネルギーへの転換が図られ、その

重点開発地域の一つに指定されたのが、東海地区でした」

怪獣庁発足と同時に、エネルギー政策は見直され、全国にあった原発はすべて廃止と決まった。怪獣災害を考えた際、原発のような危険極まりないものを稼働させておくわけにはいかないからだ。

代わりに、自然エネルギーが徹底的に見直されることとなり、政府は太陽、水力、風力、地熱の四つを採用、全国各地に重点開発地区が設けられ、技術開発が続けられてきた。今ではそのすべてで、目標の発電量を超えており、日本のエネルギー事情は大いに改善したのだった。

橋本は怪訝《けげん》な顔で正美に尋ねる。

「風車がどうかしましたか？」

「緊急避難発令と同時に、風車の回転を止めたい」

橋本が目を大きく見開いた。

「止めるって、全部ですか？」

正美はうなずいた。ここで橋本が「無理だ」と一言でも漏らしたら、即座に予報官を解任していただろう。

だが橋本は下唇を嚙《か》むと、数秒黙考し、やがて一人、うなずいた。

「エネルギー庁に言えば、可能なのでは？」

「それでは間に合わない。お役所仕事がどんなものか、知っているでしょう？　地元を知るあなたなら、何かアイディアがないかと思って」

橋本は右手親指の爪を嚙みながら、しばし考えている。その間も、彼の背後にあるメインモニターには、グランギラスの航路が表示され続けていた。

午後五時三二分、グランギラスは第三警戒海域を過ぎた。上陸予想地点は旧清水地区でほぼ決まりだ。

橋本が口を開いた。

「理由をうかがっても良いでしょうか」

正直、それを口にするのには、まだ躊躇《ためら》いがあった。それでも、立場上、きかれた事には答えねばならない。

「一九七一年のグランギラスによる桑島上陸。それについての新聞記事で気になる点があったの」

「と言いますと？」

「グランギラスが桑島に上陸したのは、あくまで偶然とされてきた。進路上にたまたま桑島があった悲劇だと」

「違うのですか？」

正美はメインモニターに別ウインドウを開き、そこに新聞記事を表示させた。

「怪獣上陸の前日、地元紙に掲載されたものよ」

ウインドウ内の記事には「海岸線に鯉《こい》のぼり翻る」とあった。

「五月の連休中、近くを通る観光船に向けての、今で言うイベントね。近隣の島々から鯉のぼりを集め、海沿いに立てる。さぞ、綺麗《きれい》なものだったでしょう」

橋本の顔つきが変わっていた。

「予報官はもしかして、この鯉のぼりが？」

「何の根拠もない。五十メートル近い怪獣が、鯉のぼりを視認できるのか、色に反応するのか、何も判らない。でもあの日、桑島の海岸線にはたくさんの鯉のぼりがはためいていた。グランギラスがそれに反応した可能性は、ゼロではない」

予報官として見逃せない。最後の一言は、あえて口にしなかった。その心構えは、橋本自らが気づき、身につけていくべき事だ。

橋本は大きくうなずくと、眉間に皺《しわ》を寄せながら、再び黙考していた。

正美が席に着こうとしたとき、彼が口を開いた。

「ご承知かとは思いますが、風車が設置されている地区には、それぞれ管理スタッフらが常駐する町があります」

「通称、管理村ね」

「ここから車で五分くらいのところにも、清水管理区があって、作業員の家族も含め千人ほどが暮らしています。百平米ほどの広さですが、ショッピングセンターなどもあって……」

「そんなことは判っている」

「静岡県内には小田原《おだわら》に始まり、十一の管理村があります。風車を止めたければ、そこに一斉通達を送ればいいんです」

「なるほど。管理村は静岡県の管轄だから……」

「予報班トップから静岡県知事に通達をだし、それが管理村に伝われば、風車は止まります」

「活動中の怪獣省に対して、異を唱える県知事はいない。それでいこう。橋本第三予報官、頼める？」

「もちろんです」

笑顔で答えた橋本は、すぐさま、自身の端末を開き、キーを打ち始めていた。

なかなか有能な若者だ。県の所管にしておくには惜しい。

ドアが開き、尾崎が戻ってきた。かすかにタバコの臭いがする。彼に喫煙の習慣があることは把握している。ストレスの多い仕事だ。そのくらいの発散は許されてしかるべきだろう。

正美は端末に向き合う橋本に言った。

「それが終わったら休憩だ、第三予報官」

彼には返事をする余裕すら、ないようだった。

「ただいま戻りました」

橋本が入ってくる。かすかに漂うのは、コーヒーの香りだ。彼の抗ストレス剤は、カフェインか。

正面モニターの赤い光点は、もう日本列島ギリギリのところにまで近づいてきている。

尾崎の声が響いた。

「緊急避難指示発令まであと十分です」

正美は難しい決断を迫られていた。現在の進路でいけば、グランギラスの上陸地点に人家はない。予想地点に上陸すれば、そこからは「殲滅班」の領分だ。メーサー殺獣光線などの攻撃で日本平殲滅特区方向に誘導し、Ｍ八〇〇〇ＴＣシステムをもって息の根を止める。

懸念材料として残るのは、付近にある清水区管理村だ。上陸までに避難が滞りなく終われば良いのだが。

橋本のがんばりもあって、風車停止の通達はすべての管理村に伝わり、午後八時をもって一時的に風車を停止させる運びとなっていた。その間の発電停止は痛いが、他の発電施設からの代替は可能との返事も受けている。

正美はメインモニター正面の定位置に座る。背中合わせに尾崎。橋本は正美の右側にある第三予報官用のシートに着く。避難状況の把握や風車の停止状態などについてのレポートを受ける役目だ。

午後七時五九分。避難指示まで一分。この瞬間だけは、何度経験しても嫌なものだ。手のひらにじわりと汗が浮かぶ。だが、モニターにデジタル表示された時刻が『8:00』になった後も、センター内の様子に変化はない。サイレンが鳴るわけでも、赤色灯が点滅するわけでもない。ただ、グランギラスを示す赤い円が、近海へと接近してくるだけだ。

避難指示発令や避難誘導は、各市町村の担当であり、怪獣省は直接タッチしない。正美たちに連絡が入るのは、何か異常があった時だけだ。

そう、それでいい。正美は祈るような気持ちでつぶやく。すべてが順調であれば、ここは平静。何事も起こらない。このままいって。お願いだから……。

その願いはかなわなかった。

「岩戸予報官！」

橋本の悲鳴に近い声だった。

「まず報告！」

「清水区越中《えっちゅう》から越南《えつなん》までの風車が停止しません」

「原因は？」

「不明です。他の地区の風車はすべて停止を確認済みです」

「風車を停止できる見こみは？」

「管理村には、避難指示が出ています。技術者たちはもういません」

避難指示区域内には、怪獣省関係者以外の立入は許されない。たとえ、どのような事情であっても。

正美の心中に生まれたかすかな焦りに、尾崎の声が拍車をかけた。

「グランギラス、進路変更」

メインモニターに新たな進路が表示される。怪獣は予定されていた地点からはずれ、三キロ東を指している。

「上陸予想地点は、清水区越中。その先には、風車管理村があります」

橋本が横の正美を見て言った。

「予報官、やはり……」

「モニターから目を離すな！」

「すみません」

「第二予報官、避難状況は？」

「完了予定時刻は八時一五分。現在、区域内にはまだ数名が残っていると思われます」

緊急避難指示が発令されると同時に、区域内はすべて監視モニターによって映像と音声で記録される。日本各所にはそうした場合のカメラ、マイクが無数に装備され、非常時には怪獣省の指示で始動することとなっていた。

いま、尾崎のモニターには清水管理村各所の映像が表示されているはずだ。

尾崎が冷静な声で続ける。

「上陸予定時刻は午後八時四五分。少し早まりましたが、避難は間に合うと思われます」

正美は立ち上がり、デスクに両手をつく。グランギラスの進行を示し続けるモニターを睨み、最後の決断をした。

管理村を捨てる。風車を止める算段をして、さらなる人命を危険にさらすより、無人の小さな町を一つ、捨てる。

正美は専用の通信回線を開く。

「グランギラスの上陸地点、旧清水区越中、上陸時刻二〇四五《ふたまるよんごう》。以上の報告をもって、当作戦を殲滅班に引き継ぐものとする」

二

海は穏やかで、空にも太陽が戻ってきていた。正美は拠点ベースの外壁にもたれ、コンクリートの護岸に打ちつける白波を眺めていた。

気配を感じて振り返ると、橋本が神妙な面持ちで立っていた。

「まだ、いらしたんですね」

「尾崎第二予報官には、先に帰京してもらった。報告書は、ここからでも送れる」

「あの……」

橋本は目線を合わせぬまま、モジモジと上体を揺する。正美は舌打ちをすると、あえて険しい調子で言った。

「第三予報官、何か言いたい事があるのなら、言いなさい」

橋本は雷にでも打たれたように、ぎくりと全身を震わせ、顔を上げた。

「そ、そのう……今回の件は、予報官のせいではありません。まだ原因は特定できておりませんが、風車が停止しなかったせいで……」

「町一つ壊して、死者一名。作戦としては大失敗よ」

「し、しかし……」

「気持ちはありがたいけれど、この仕事は結果がすべてなの。亡くなった方の氏名が判るまでは、ここに留《とど》まるわ。作戦終了後、予報官には四十八時間の休暇が与えられる。何をしようと、私の自由でしょう」

「それは、そうですが」

「あなたの働きは見事だった。上に報告しておく」

「はぁ」

「あなたも休暇の対象になる。貴重な四十八時間を無駄にしないで。早く帰りなさい」

「はっ」

橋本は形の良い敬礼をすると、リズミカルな足音をたて離れていく。

敬礼を咎《とが》める気力もなく、正美は再び、海に目を向けた。

グランギラスは昨夜、午後八時五九分に、静岡県旧清水区の海岸に上陸した。しかし、当初の予定地点から五〇〇メートル東にずれたため、殲滅班のメーサー部隊も配備が間に合わず、グランギラスは沿岸の風力発電用風車を破壊しながら上陸、そのまま、住人約千人の通称、清水区風力発電管理村に侵入した。一戸建て、マンションなど三五〇戸の建物、娯楽施設等を含むショッピングセンターを損壊。

殲滅班はメーサー殺獣砲でグランギラスを牽制《けんせい》しつつ、最新型熱攻撃兵器M八〇〇〇TCシステムの敷設が完了した日本平殲滅特区に誘導。午後九時五一分、システムを稼働させ、熱線を放出。グランギラスの活動を止めた。

死体は即座に冷凍処理され、海上三キロのところにある研究施設に航空機を使って運搬、収容された。接触が極めてまれな個体であるため、明日以降、専門家らによる徹底的な調査、解析が予定されている。

管理村襲撃の一部始終は、肉眼ではなくモニターで見ることとなった。

初めて目にするグランギラスの全身。体を覆う鱗は照明弾の光を浴びて虹色に光り輝き、水かきのついた手の内部には、鋭いかぎ爪が三本隠されていることも確認できた。目は赤く輝き、鳥のくちばしのごとく鋭く尖《とが》った口先には、やはり鋭い牙が見え隠れしていた。外観からの推測は、怪獣学においてはタブーとされるが、長年の経験から、正美はグランギラスを肉食性の獰猛《どうもう》な危険度トップクラスの怪獣と判断していた。熱線などの放射性攻撃能力は持たないようだが、今後また姿を見せるようであれば、問答無用で徹底的に叩く必要があるだろう。

正美がもっとも恐れていた報告が入ったのは、作戦の終了を受け、コントロールルーム撤収の準備を始めたちょうどそのときだった。

瓦礫《がれき》の山と化した管理村で、男性の遺体が発見された。

正美だけでなく、尾崎、橋本も体の動きを止め、その報告に黙したままうなだれた。

怪獣災害による死者。それは、「予報班」敗北の証《あかし》でもある。今回、管理村壊滅という甚大な物的損害に加え、人命をも失うという結果となった。

正美はシートに深く座り、一分間、目を閉じていた。亡くなった男性に黙祷《もくとう》するとともに、自身の波だった感情を鎮めるためだ。

尾崎、橋本の目がある今はダメだ。報告書を上げ、作戦に関する上層部からの尋問を受け、マスコミによる厳しい追及が去った後。自身の感傷に浸るのは、それからだ。

目を開いた正美は無言で撤収作業を終え、いま、一睡もしていないにもかかわらず、まったく疲労を感じないまま、ぼんやりと海を眺めている。

自身の作戦で人的被害をだしたのは、いつ以来だろうか。怪獣省にいる五人の第一予報官の中でも、正美はもっとも信頼のおけるエースとして内外に認知されてきた。そうしたエースの誇りも、今回の件で地に落ちてしまった。

一からやり直しか。

潮の香りを胸一杯に吸いこみ、果てしなく落ちこんでいく感情をせき止める。

怪獣はいつ現われるか判らない。この瞬間にも、「索敵班」が日本のどこかで異常を検知しているかもしれない。

砂を踏む足音が聞こえてきた。橋本がまた戻ってきたのだろう。正美はため息をつき、振り返ることなく言った。

「第三予報官、さっさと帰れと言ったはずだ」

「予報官、随分とご機嫌斜めですなぁ」

橋本とは似ても似つかない、しゃがれた低い声だった。

振り返った正美の前に立っていたのは、吹きつける海風に年季の入ったコートの裾をひらひらと翻らせる、五十代後半と思《おぼ》しき小男だった。頭頂部ははげ上がり、たるみ気味の頬にはうっすらと髭《ひげ》が浮き出ている。コートの下のスーツはペラペラで、細いネクタイは左にひん曲がり、ワイシャツは皺だらけ、胸ポケットにはボールペンがさしてある。おおよそ清潔とはほど遠い外観ではあるが、顔つきは柔和で温かく、貧乏神と福の神を足して二で割ったような印象である。

一帯はまだ立入制限中であるから、地元民ではない。怪獣省の者とも思えず、正美は警戒しつつ、男と向き合った。

「失礼ですが、どちら様でしょう?」

男はさっとスーツの内側に手を入れる。思わず身構えた正美の前にだされたのは、折りたたみ式の身分証だ。

「警察庁特別捜査室の者で、船村秀治《ふなむらしゅうじ》といいます」

身分証には名前と、目を細めカメラを見つめる船村の白黒写真がある。

正美は、手帳を掲げる人の良さそうな小男を見つめる。

「岩戸予報官とは初めてになりますなあ。お噂《うわさ》はかねがね」

ゆっくりとした動作で身分証をしまう。

「こちらも、噂だけは聞いておりました。あなたが……怪獣……捜査官……」

「そりゃ、あだ名みたいなもんでしてね。いやもう、名前負けというか、本物はこんなしょぼくれた男ですよ」

怪獣災害によって死者、負傷者が出た場合、それら一人一人に対し、徹底した状況確認が行われる。負傷者においては、十数回に及ぶ聞き取り調査、死者については行政解剖である。そうして得られたデータは、今後の怪獣対応、データベースの拡充などに役立てられる。

そんな中ごくまれに、状況不明という場合がある。証言、あるいは死因に解明不可能な謎が残った場合等だ。そうした案件に限り、状況確認は怪獣省から警察庁の管轄に移る。そしてそれら案件を担当するのが、特別室の捜査官である。

正美が過去に担当した作戦においても、そうした状況不明案件はいくつかあったが、いずれも捜査官が正美を直接訪ねてきたりはしなかった。怪獣省の抱える科学者や医師とのやり取りで、疑問はすべて払拭されたからだ。

特別室の捜査官が現場まで出向いてくる事はきわめて珍しい。従って、最前線に立つ予報官たちと顔を合わせる機会など、ほぼないと言って良い。

そう正美は考えていた。

しかしいま、その捜査官が目の前にいる。これはどういうことか。

正美が口を開こうとした瞬間、船村は絶妙のタイミングで言葉を重ねてきた。

「死者の身元に関する情報は、入っておりますか？」

正美は首を横に振った。余程の必要性がない限り、怪獣関連以外の情報が本部よりもたらされる事はない。犠牲者の氏名等についても然《しか》りだ。

船村は芝居がかった動きで、ポケットから手帳をだす。使いこまれ表紙がすり切れている。いまどき、手書きのメモを使っているなんて——。いや、この男、見かけ通りと受け取るのは、早計だ。手帳をだす動きを見ても、こちらの油断を誘うポーズと取れなくもない。

正美は感情を抑え、船村の声に耳を傾ける。

「死亡者は、男性。身元はですね、自然エネルギー開発企業『エナジオ』の風力発電事業本部顧問、戸塚具樹《とつかともしげ》。道具の具に樹木の樹でトモシゲと読ませるようです。年齢は六十二歳」

その名前に、正美は聞き覚えがあった。

「それって、元エネルギー庁の官僚トップだった?」

「さすがよくご存じで」

　怪獣省とエネルギー庁の不仲は今に始まったことではない。怪獣対策を理由に原発全廃の議論が始まった頃から、政官民を巻きこんだ闘争が繰り広げられてきた。結局は怪獣対策を第一にという世論が決め手となり、怪獣庁は省に格上げ、エネルギー庁は自然エネルギーの開発、管理という、地味で旨味の少ない事業を行う日陰者となった。

　一方政府は、国内外の科学者たちを集め、官民合同企業「エナジオ」を立ち上げた。巨額の研究資金を提供し、原発に代わる代替エネルギー開発を行ったのだ。

「戸塚氏は原発全廃決定と同時に、その責任をとらされ霞ヶ関《かすみがせき》を去っていますね」

「そう。もっとも、お役御免になったのは表向き。エナジオに天下りが決まっていて、そっちにスライド、今でもかなり良い暮らしをしていたようです。私からすると、うらやましい限りです」

「しかし、戸塚氏は顧問だったわけですよね。そんな人が、どうしてこんな所に?」

「たしかに、田舎ではありますが、ここはエナジオ風力発電事業の中核地域ですよ。風力では最大の発電量を誇ります」

　話の先が見えてこない。

「申し訳ないのですが、私の専門は怪獣です。エネルギー界隈《かいわい》の話には疎いので」

　船村は手帳のページをめくった。

「エナジオは随分と強引な開発でも知られています。東海地区でも、風車の設置場所などを巡り地元住民と激しく対立した。それを強硬に押し切ったのが、戸塚氏だった。ここに来ていたのは、地元住民との裁判が関係しているのかもしれない」

「裁判？」

「いくつもの案件を抱えていたようです。土地を奪われたり、風車のせいで体調を壊したりした住人たちによって起こされた訴訟の」

「体調不良というと、低周波の？」

「それについては、ご存じでしたか。いっとき、全国的に問題化しましたからなぁ」

「風車のだす低周波、百ヘルツ以下の人の耳には聞こえない音で、頭痛やめまいなどを引き起こす――」

「今は風車の改良が進み、被害はほぼ解消されたようですが、九〇年代から二〇〇〇年にかけて、深刻な被害が出ました。特に、ここ旧清水区でね」

　正美は端末をだし、検索をかけた。何千件ものヒットがあり、そのトップに表示されたのが、「風車病　初の最高裁判決へ」というネットニュースの見出しだ。

風車による低周波被害、通称「風車病」によって被害を受けた住人が集団でエナジオと責任者であった戸塚を訴えた。しかし、一審、二審ともに戸塚側の勝訴。原告は最高裁にまで上告してはいるが、逆転判決の目は薄いと記事にはあった。

この風車病訴訟以外にも、風車設置のため土地を不当に奪われたとする訴訟も並行して行われている。こちらも最高裁まで行き、まもなく結審らしい。そして、こちらもまた、戸塚側勝利は揺らがないだろうとの予想がなされていた。

船村が表情を曇らせる。

「原告が勝つようなことになれば、この地区の風車運営も危うくなる。国としてもそれは困るわけで、陰でけっこうな力が動いているとも聞きます」

正美は端末を閉じる。

「船村捜査官、いい加減、要点をお願いします。風車病や土地問題に苦しめられた原告の方々には同情しますが、それは私には関係のない事です。そろそろ戻って、報告書を書かねばならないのですが」

「その報告書のことです」

船村の手からは、いつのまにか、手帳が消えている。

「まだお書きにならない方がいい」

「それは、どういうことです？　船村捜査官、失礼ながら、ここは怪獣省の管轄です。警察庁の人間が本来、立ち入るべき場所ではない」

船村は怯《ひる》んだ様子もなくうなずき、何事か言おうとしたが、正美はそれを制して続けた。

「たしかに、我々の作戦ミスで死者一名をだしました。死者ゼロを掲げる政府からすれば、大変な失態かもしれません。だからと言って、警察庁の捜査官を介して、我々を批判するいわれは……」

「不謹慎な言い方かもしれませんが」

今度は船村が、正美の言葉を遮った。

「この報告を聞けば、あなたもホッとするんじゃないだろうか」

「はあ？」

「戸塚具樹は、怪獣災害による死者とはカウントされません」

こちらの反応を探るような細い目を正美は睨み返す。

「と言いますと？」

「私が出向いてきたのはそのためでしてね。戸塚氏の死は怪獣によるものではない。あれは、人の手による殺人だ」

三

「どうして私が、捜査の手伝いをしなければならないんですか？」

抑えきれず、声が大きくなってしまった。

拠点ベースから徒歩十分足らず。グランギラスによって完全に破壊された清水区管理村が目の前に広がる。付近の道路は通行止めとなり、一帯も完全立入禁止である。野次馬は無論、報道陣の姿も見えない。ごく小さな集落とはいえ、マンションやショッピングセンターまで完備されていたのだ。瓦礫の山は数メートルとなり、重機も簡単には近づけないでいる。

百メートル四方にわたって続く灰色の瓦礫を、正美はいま、船村と肩を並べ、小高い丘のテントから見下ろしているのだった。被災地調査の司令室として、臨時に設営されたテントだ。会議用テーブルと折りたたみ椅子が雑然と置かれている。もっとも、放射能や毒物等の調査が済んだ後、司令室は即座に被災地内に移されるのが決まりだ。短い役目を終えたテント周辺はもぬけの殻であり、埃《ほこり》っぽい海からの強風が、ただ吹き抜けていくだけであった。

そんな中で、正美は船村を睨みつけ、一方の船村は不機嫌を隠そうともしない正美の顔を、眩《まぶ》しそうに目を細めて見上げている。

「そこを何とか、ご協力いただきたい。殺しの捜査は私の専門ですし、怪獣捜査官などと言われていますが、いかんせん、怪獣そのものについてはまるで判らない。実は検視官からの報告も上がってきているんですがね、理解不能な部分がいくつかあるんですわ」

船村の頼みなど聞いてやる義理はなかった。しかし、曇天の元、白っ茶けた埃を巻き上げる被災現場から目が離せず、正美はその場を動けなかった。

思い浮かぶのは「殲滅班」のメンバーたちの顔だ。彼らの主任務は怪獣の殲滅であるが、それですべてが終わるわけではない。怪獣の死体の処理、さらに、今回のように被害が出た場合は、被害者の救助、捜索、現場の検証までを行わねばならない。

崩落の危険を顧みず、彼らはグランギラス殲滅後、この区域に入り、被災者を捜した。その結果、戸塚の遺体を見つけたのだ。

いま、船村の頼みを一蹴することは、彼らの命がけの行動に対し礼を失することになりはしないか。死者と向き合い、疑問を完全に払拭することもまた、正美の使命なのではないか。

船村は焦りも気負いもない、穏やかな目でこちらを見つめている。

違う——。あなたは見た目通りの、優しく穏やかな捜査官なんかじゃない。私が知らなかっただけで、あなたは今までに何度も悲惨な怪獣災害の現場を目《ま》の当たりにしてきたはずだ。怪獣の恐ろしさを知りながら、そんな穏やかな目つきができるはずがない。

だからこそ、あなたは私をここに連れてきた。惨状を見せることで、怪獣に対する憎しみの炎を燃え上がらせようとしている。一度燃え上がれば、その炎を消すことは簡単ではない。

船村捜査官は、すべて判っている。

抵抗するだけ無駄のようだった。

「そうやって、今まで何人の予報官をたらしこんできたんですか?」

「たらしこむだなんて、人聞きの悪い」

並びの良くない歯を剝いて、船村は短く笑った。

「そうと決まれば、善は急げだ」

船村はテント内にあった会議用テーブルの前に椅子を二つ並べ、右側に「よっこらしょ」と腰を下ろした。

「まあ、お座りください。殺風景なところですが、立ったままよりはいいでしょう」

正美は風でなびく髪を押さえつつ、老捜査官の隣に座った。船村はまた例の手帳をだし、パラパラとページをくっている。その緩慢な動きがもどかしく、正美は自ら口を開いた。

「戸塚氏が殺人、つまり、怪獣ではなく人に殺害されたとおっしゃいましたが、根拠は何なんですか?」

船村は手帳の文字に焦点が合わないのか、目を細めたり、手を伸ばし手帳を遠くにやったりと、どうにも切迫感がない。

「すみませんなぁ。メガネが壊れちまいましてね」

「いいえ、ゆっくりで構いませんよ」

足を組みながら、正美は苛《いら》立《だ》ちを抑える。第一予報官を務めるようになって、怒りを鎮める術《すべ》に長《た》けてきた。現場を知りもしない上層部と、日夜、話し合いをしなければならないからだ。

「ええっと、どこから話せばいいのか……今回はいつもより状況が複雑で」

「遺体発見の状況、それと殺人であると判断された理由。その辺からでいかがでしょう」

「おお、さすがですな。なるほど」

船村は顔をほころばせると、パタンと手帳を閉じてしまった。実のところ、データはすべて頭に入っているらしい。見立て通りのタヌキ親父ということか。

「遺体が発見されたのは、今朝の六時三二分です。見つけたのは災害救助犬です」

災害時の捜索には犬が使われる。度重なる怪獣災害に悩まされてきた日本は、瓦礫と化した町から人々を救助するため、あらゆる方策を試してきた。コンクリートなどを透視して、埋もれている被害者を発見する技術、空中からかすかな熱源をも探知できるサーモグラフィ機能を搭載した航空機など。だが結局、もっともめざましい働きをしたのは、犬だった。

怪獣庁は警察犬育成の技術を応用、さらに、嗅覚、聴覚を特化した新たな犬種の開発にも取り組み、二〇〇〇年代初めには、怪獣省内に災害救助犬部隊が編成されるに至っていた。動物愛護団体や科学者の多くが、こうした動きに強く反発をしているが、「怪獣対策」という名目の前には抗しようがない。それが日本の現状だった。

「瓦礫に埋まっていたわりに、遺体の損傷は軽微でした。頑丈な柱のようなものが屋根代わりとなり、瓦礫の下敷きになることを防いだようです。収容された遺体は、すぐさま、怪獣省管轄下の検視に回されました。検視の状況については、極秘ということで教えてもらえませんでした。とりつく島もないとは、まさにこのことですなぁ」

「船村さんだけじゃありません。私も知らないんです」

船村はきょとんとした顔で正美を見た。

「あなたも？　怪獣省のエースと言われるあなたでも？」

「エースかどうかはともかく、怪獣災害に巻きこまれたご遺体がどこに運ばれ、どのような形で検視されているのか、省内でもごく一部のものしか知りません」

「何とまぁ」

大仰に驚く船村の心の内を、正美は見透かすことができないでいた。彼は専門の捜査官だ。今までに似たような現場は経験しているだろう。当然、怪獣省の検視のあり方についても知っているはずだ。

それをさも初めて聞いた事のように驚いてみせる。正美との距離を詰め、懐に入りこもうとする、彼なりの策なのかもしれない。

しかし、それを無理に問い詰める気はない。所詮、船村とは所属も扱う案件も違う。この現場が終われば、もう会うこともないだろう。ここは職務と割り切って、淡々とこなしていくのがベストだと正美は考えていた。

「続けてください」

正美に促され、船村は「そんなもんなんですかねぇ」と首を振りながら、手帳に目を戻した。

「警察庁に連絡が入ったのが午前八時二〇分。それによれば、遺体の死因に不審な点があると」

「不審な点とは？」

「状態がよかったとはいえ、正確な死因の判定は難しかったようです。ただ……ここからが判らんところなんですよ。遺体には多量の……ええっと、炭素、水素、カルシウム……これはつまり活性炭の成分ですな、それとポリ塩化ジベンゾフランが付着。同物質は、グランギラスの行動範囲内で大量に検知された……とあります」

「活性炭については、避難指示発令と同時に散布される、無害化ガスの成分だと思います」

「無害化ガス？」

「これは、国民には知らされていない極秘事項なのです」

「しかし、散布はどうやって行うのです？　散布車などをだせば目立つでしょうし」

「エアコンの室外機です。エアコンの普及が始まった頃から、室外機には小型の散布機が取りつけられています。それらは怪獣省のだす信号に反応し、起動します」

「なんと……」

「これらの事実は、予報班の中でも第一予報官しか知りません」

「しかし、なぜそんな大がかりな事を？」

「怪獣には様々な特性がありますが、一番恐ろしいのは何だと思われます？」

船村は腕を組む。

「さて……一番には放射線、次いで毒でしょうか」

「さすがです。しかし、残念ながら、いまだ怪獣の持つ毒性の範囲については、よく解明されていないのです」

「つまり、どのくらいの範囲に、毒が及ぶかですな」

「ええ。通常はごく狭い範囲、怪獣本体を中心とした直径十数メートルの円内とされます。ただ、中には例外もある。過去には、毒性が半径一キロに拡散した事例もあります。そのため、怪獣省では、極秘裏に様々な有害成分を吸着させ、国民への影響を減らすガスを造りました」

「なるほど。万が一のため、怪獣が近づいてきた地区には、それをまくわけですな」

「ただ、問題点も……」

「安全性ですか」

「一〇〇%とは言いがたい。それが結論です。そんなものをまけば、当然、反発が起きる」

「だから、極秘。ガスのリスクと怪獣の毒性リスク。どちらを取るべきか……」

「私は怪獣省の人間です。決定には従わねばなりません」

「もちろん、この件でどうこう言うつもりなどありません。ええっと、一つ、活性炭については解決と。次は……」

「ポリ塩化ジベンゾフラン、つまりダイオキシン類が遺体に付着していた事についても、不思議はありません。過去のデータによれば、上陸したグランギラスは、ダイオキシンをまき散らすことが確認されています。原因はまだ不明ですが、恐らくは、怪獣の全身を覆っている鱗、あれが空気と触れることにより、表面の成分が気化、その一つがポリ塩化ジベンゾフランであり、グランギラスの行動範囲内に浮遊し、地表などに定着すると考えられています。恐らく、鱗から気化する物質はもっと多種多様にあるはずです。しかし、一九七四年の技術では、それらをすべて探知することができなかった。今回新たな怪獣の死体が手に入ったことで、さらに研究が進めば……」

船村がさっと手を挙げた。

「怪獣学の講義については、また後ほど聞かせてください。今は、事件の方を」

「し、失礼」

頬に熱いものを感じながら、正美は顔を伏せた。怪獣の事となると、自分が抑えられなくなる。見透かしたように視線をそらしている船村が何とも小憎らしい。

「おかげさまで、少し判ってきましたよ。報告書には、そのポリ塩化ジベンゾフランが被害者の肺の中に見当たらなかったとあります」

正美は表情が強《こわ》ばるのを抑えられなかった。

「肺の中から検出されなかった……。もし戸塚氏がグランギラス襲撃時に生きていたのであれば、怪獣から放出される大量の物質を多少なりと吸いこんでいるはず」

「つまり、怪獣がやって来た時点で、戸塚さんは既に亡くなっていた」

「無害化ガスの成分はどうだったのです？」

「肺の中から検出されたと報告されてます」

「ガスの放出は一九時半から一九時四五分まで。一九時半の時点では、被害者はまだ生きていた……。自然死の可能性は？　怪獣襲来のショックや避難のストレスなどで、突然死するケースは多いです」

「内臓等を調べた結果、その可能性は低いと」

「残る可能性は、自殺か他殺……。戸塚氏はどの建物にいたのでしょう？」

「町は完全に破壊されておりますのでねぇ、はっきりとしないのですが、目撃者の証言などを合わせると、町の東側に高齢者のレクリエーションに使う建物があったそうで、どうやらそこに陣取っていたらしいと。ピリピリした雰囲気で、呼ぶまで誰も近づけるなと言われたそうで」

「なるほど。それで避難指示が出た後、姿が見えない事に気づくのが遅れた」

正美は自身の携帯端末をだし、起動させた。モニターに小さく区切られた監視カメラ映像が出る。そのうちの一つをアップにする。夜間だが、赤い屋根の建物がくっきりと映っていた。

「戸塚氏がこもっていたと言われるレクリエーション施設です」

船村があんぐりと口を開ける。

「映像が残っているんですか！」

「二〇時以降のものだけですが。避難指示が出た瞬間、その地区の監視カメラが作動します。町の隅々まで、撮影、録画します。逃げ遅れた住人の救出や不測の事態に備えるために」

「何と……」

正美は建物を捉えた動画を早送りにする。二〇時から二〇時半まで見てみたが、建物に出入りする者はない。

さらに早送りを続けると、二一時三分、画面が大きく縦に揺れ、全体が黒い煙に覆われる。

「ここでグランギラスが管理村に侵入、カメラの機能は失われました」

「建物に出入りする人物は、捉えられていないわけですな」

「ええ。これを見る限り、戸塚氏は避難指示の出る二〇時前には殺害されたようです。犯人も当然、逃げ去っています」

「こちらの調べでは、一九時四〇分に、携帯で通話がなされています。相手は風力推進事業本部の獅子田《ししだ》本部長」

「犯行時刻はさらに狭まって一九時四〇分から二〇時までの間になりますね。もし他殺だったらの話ですが」

「自殺についてですが、被害者の身辺をざっと洗った結果、その可能性も薄いように思います。となると、被害者は避難指示が出ているにもかかわらず、なぜレクリエーション・センター内に留まっていたのか……。まあ、その辺はおいおい明らかになっていくでしょうが。さてと、情報も出尽くしたようですが、どうです？　こんな調子でしばらくご協力願えませんか？」

「断るっていう選択肢は、最初からないんでしょう？」

「いえいえ、そんなことは」

すべては、船村のペースで進んでいた。正美は肩の力を抜いた。作戦遂行中は、全責任が正美の肩にのしかかる一方、誰もが正美の命令をきく。たまには、誰かの下について動いてみるのもいい。

四

暗がりの中に、大小のモニターが眩しく光る。第一予報官の席に座ると、正美はようやっと自身のペースを取り戻した。一方、橋本が座っていた第三予報官席に座った船村は、何とも居心地悪そうにモジモジしている。

「しかし、こんなゴチャゴチャした狭い場所で、あんなでかい怪獣とやり合っているとは、驚きですなぁ」

「別にやり合うわけじゃありません。我々はあくまで、分析、検討、予測をするだけです」

「とはいえ、扇の要、予報官がいなければ、日本の怪獣対策は成り立ちませんからな。ところで、そんな聖域のような場所を使ってしまって、良いのですかね」

「構いません。こうした施設は、全国に何百カ所とありますし、予報官は一年三六五日、二十四時間いつでも使うことが許可されています」

「すごいもんですなぁ。私なんざ、時代遅れの携帯端末を一つ渡されるだけでしてね。もっとも、その端末ですら、使い方がよく判らず、いまだにこれのお世話になっている始末で」

手帳をヒラヒラとかざし、船村は笑う。それがまんざら冗談とも思えないから恐ろしい。

正美は船村から送られてきたデータを、メインモニターに映しだしていく。そのほとんどが、エナジオが関わる民事訴訟や政界を揺るがす汚職疑惑についてだ。

「強引な土地開発に始まり、技術者の引き抜き、劣悪な待遇など、国内外を含め、多くの訴訟を抱えています。一方で、太陽光パネルの効率化、風力発電の風車の低コスト化、電気自動車用バッテリーの長寿命化など、政府の求める技術を確実に実現してきています。それも、絶対不可能とされてきた期限内に」

「これだけの醜聞を抱えながらも、今の日本はエナジオ抜きには成り立たない」

「対怪獣政策にとってエナジオは必須ですからね」

エナジオの抱える闇は大きいが、一方で、国家的事業として怪獣対策を進めてきた結果、世界トップにのし上がった日本としては、多少の暗部を抱えつつも、もたらす利益が圧倒的な企業を優遇するしかない。そしてもはや、後に戻る道はない。

「これだけのデータを揃《そろ》えられたということは、戸塚氏殺しには訴訟が絡んでいるとお考えなのですね」

「まあ、何か根拠があるわけではないのですが、やはりこの辺りでしょうなぁ。朝一番で、エナジオから話をきこうとしたんですが、体《てい》よく断られました。係争中の件につきお答えできないとか何とか」

「顧問が殺害されたというのに、ずいぶんな態度ですね」

「戸塚氏はエナジオ成長の立役者です。その一方で、企業の暗部すべてに関わっていると言ってもいい。彼らも内心、ホッとしているのですよ」

「死人に口なし……ということは、エナジオには強い動機があったって事になりませんか？」

「その通りです。ただ、もしエナジオが本気で戸塚氏を亡き者にしようとするなら、もう少し、ましな方法でやるでしょう。怪獣災害に巻きこまれた形をとるにしても、こんな風にすぐばれるような杜撰《ずさん》な事はしないはずだ。それに、戸塚氏だって海千山千の男です。そんな事態にならぬよう、保険をかけていたと思うんです」

「なるほど。自分の身に何かあれば、何某《なにがし》かのデータが捜査機関に送られるぞ——とか」

「予報官も映画をご覧になるようですね。現実はあそこまで格好良くは決まりませんがね。ただ、手を打っていたことは確実です。今、エナジオ側もてんやわんやなのではないかと」

「エナジオ側が手を下した可能性が低いとなると、今度は……」

「怨恨ですなぁ」

どこか楽しそうな様子で、手帳をだす。船村としては、企業の権謀術数より、こちらの方が自身の土俵なのだろう。

「エナジオは非協力的でしたが、被害者の身辺捜査ってのは、こっちの領分でしてね。戸塚氏のデスクは東京本社にありまして、自宅も東京の世田谷《せたがや》です。昨日は、午前中の新幹線に乗り、午後一時静岡着。そのまま車で清水区管理村に直行している」

「待ってください。彼の死亡推定時刻は一九時四〇分から二〇時の間です。そんな長時間、管理村で何をしていたんでしょうか」

「そこは大いに疑問なのですが、エナジオは明らかにしてくれません。定期的な視察だと言い張っています。それで、もう少し調べを進めましてね」

手帳のページを繰《く》る。

「戸塚氏は静岡市内にあるホテルに宿泊予約をしています。一泊十万円のスイートをね。さらに、午後三時からマッサージ、午後五時から、最上階のレストランにそれぞれ予約が入っている。これは戸塚氏ご本人がされている」

「随分と優雅な仕事ぶりですけれど、つまり、戸塚氏本人は、午後三時までにはホテルに戻るつもりだったって事ですよね」

「その通りです。にも関わらず、八時を過ぎてもまだ清水管理村に残っていた。どうして、予約を反故《ほご》にしてまで、管理村に留まったのか」

「職務熱心だったからってわけではなさそうですね」

「同感です」

「そもそも、戸塚氏は具体的にどんな仕事をしていたのでしょう。顧問って肩書きは、曖昧ですよね」

船村は手帳のページをめくる。

「その点については、エナジオの秘書課が答えてくれました。戸塚氏は各地を視察し、経験を活《い》かしたアドバイス等を適宜行っていたと」

「具体性が何もない答えですね」

船村は手帳を閉じると、顔を上げ、メインモニターを指さした。

「具体性が何もないっていうことは、何か具体的な事を隠しているって疑わにゃなりません」

正美もモニターに目をやる。エナジオの抱える、数々の訴訟案件――。

船村は得々として続けた。

「そこで気になってくるのが、まもなく最高裁で始まる、二つの裁判」

正美ははっとする。

「風車病と土地買収ですか。さっき船村捜査官もおっしゃっていた」

「そう。気になりませんか。裁判が始まろうというこの時期、原告たちがかつて住んでいたまさにその場所を、顧問が訪ねる。ただの視察だとは思えない。しかもその訪問は、予定通りにはいかなかった。マッサージや食事の予約を反故にしても、対応しなければならない重大事。だからこそ、秘書課も具体的な事は何も明かさない」

船村の穏やかな顔がわずかに引き締まった。

「ただならぬ事が、起きていた気がするのですよ」

「ですが、その件とグランギラス——怪獣は関係があるのでしょうか」

船村はモニターから目を離し、またいつもの人なつっこい笑みを浮かべた。

「そこんとこが判らんのですよ。だから、協力をお願いした次第です」

殺人犯を追いかける。それがどういうことなのか、正美にはピンとこない。映画で観《み》る刑事のように、犯人を追い詰め、拳銃で撃ったりするのだろうか。

「どうかしましたか」

船村がたずねてきた。正美は正直に答える。

「ちょっと現実感がないんです。警察庁の人と殺人事件を捜査するなんて」

船村は大きく口を開けて笑う。

「あんな巨大怪獣と日夜やり合っているあなたが、私の仕事にピンとこない？　こりゃ、面白いや」

「そこ、笑うところですか?」

「ここで笑わんで、いつ笑うんです? いや、白状しますとね、私の方がピンときてなかったんですよ。怪獣省の予報官とかね、もう、どんな人だか想像もできなかった。海辺にたたずむあなたを見て、心底、驚きましたよ」

「驚いた?」

「普通の人に見えましたからね」

「ちょっとそれ、失礼じゃありません?」

「いえいえ、あなたは仕事だから感覚が麻痺《まひ》しているんだ。怪獣ってのは、私の世代にとっては、そりゃあ、恐ろしいものだ。そいつと戦ってやっつけちゃうんだから、どんなもの凄《すご》い人が待ってるんだろうってね」

船村とはひと世代違うが、正美の世代にとっても、怪獣は憎しみの対象だ。

日本人は祖父母の代から、怪獣に苦しめられ続け、ヤツらに対抗するための刃を磨き続けてきた。その甲斐《かい》もあって、怪獣災害は減少傾向にあったが、それでも時おり、未曾有の惨劇を引き起こしていた。実際、正美も一九九七年、京都で起きた怪獣災害で、両親を亡くしている。

正美が今の道を志したのも、偏《ひとえ》に怪獣への憎しみ、両親の仇《かたき》を取るためだった。故に、怪獣によって蹂躙《じゅうりん》された現場を前にすると、冷静ではいられない。涙が止まらなくなることもしばしばだ。

船村とて、怪獣による被害を被っていないはずはない。過去にどんな悲劇に見舞われたのかは判らないし、船村はそうした感情を見せようとはしない。それでも、正美には判る。彼には彼なりの悲しみと、怪獣への憎しみを抱えている。

船村はしばし無言でコントロールルームの壁を見つめていたが、やがてゆっくりと立ち上がった。

「でもね、岩戸さん、私は思うんだ」

正美もつられるようにして立ち上がる。

「何をです?」

「怪獣は怖い。だけどね、人も怖いよ。私にとっては、怪獣なんて比べものにならないくらい、怖い」

五

静岡駅改札から繋がる明るく広大な連絡通路では、多くの人々が快活にやり取りをしながら行き交っている。新幹線、在来線含め、平常運転。そのあまりに普段と変わらぬ光景に、正美は唖然《あぜん》としてしまった。

もはや日本人にとって怪獣災害は日常となり、怪獣による惨禍は過去のものとなりつつある――。その逞《たくま》しい現実を、正美は見せつけられていた。

つまりは、正美たちの不断の努力が国民たちの役に立っている事の証左であり、素直に誇るべき情景であるのは、判っていた。それでも、正美の心には引っかかるものがある。

目と鼻の先に怪獣が上陸し、千人規模の居住地がまるごと一つ消滅したと言うのに、人々はそんなことを気にも留めていない。

国からの手厚い補償が確約されているとはいえ、家財すべてを無くした人々が少なからずいるというのに――。

自分たちのしていることは、本当に正しいのだろうか。そんな疑念に囚《とら》われずにはいられなかった。

そんな思いに気づいているのかいないのか、船村は新幹線の改札方向に首を伸ばし、目的の人物を探している。

「あの人かなぁ」

上り電車が到着し、改札からは背広姿の人々がどっと吐きだされてくる。その波に翻弄されるように、船村と同年配の男性が、茶色い革製の鞄《かばん》を抱えながら、姿を見せた。丸く度の強いメガネをかけ、白髪頭を左右に振りながら、おぼつかない足取りで、こちらに向かってくる。船村は大きく手を挙げると、人の波に敢然と逆らいながら、「おおい、こっちこっち」と叫ぶ。

先方も気がついたようだ、口が「ああ」とわずかに開くと、早足の人々に気を遣いながら、ゆっくりと近づいてくる。

男性は船村と正美の前に立つと、「いや、どうも」と深くお辞儀をした。

「東京を出るのが遅れてしまいまして」

「いいえ、こちらこそ。急な申し出にお応えいただきまして」

船村とは初対面らしかったが、まるで旧知の間柄のように見える。

男は名刺入れから名刺をだし、二人にさしだした。

「弁護士の渡良瀬守《わたらせまもる》です」

東京を拠点に活動する、いわゆる人権派弁護士だ。企業や国を相手取った裁判で、何度も勝利をおさめ、弱者の駆けこみ寺と評される事もあった。

渡良瀬は正美たちの名刺を丁寧に受け取ると、ずり落ちそうになるメガネを指で押し上げた。

「どちらにしても、今日はこっちに来ねばならなかったので、どうぞ、お気遣いなく。ただ、あまり時間がないものでして」

「そうでしょう、そうでしょう。ではこちらへ」

船村は駅に隣接する商業ビル二階にある、レンタルオフィススペースに渡良瀬を案内した。

既にほとんどの席が埋まり、PCを前にした男女が一心不乱にキーを叩いている。

彼らの間を抜け、船村は最奥《さいおう》にある個室のドアを開いた。キャスター付きのミーティングチェア四脚に正方形の白いデスクがあるだけの小部屋だった。

船村に促され奥の椅子に腰掛けた渡良瀬は、落ち着かない様子で室内を見回す。

「話をしたいとおっしゃるから、警察署かどこかに行くものと思っておりました。失礼ながら、こんな所で話してよい内容のものではありません。セキュリティも……」

渡良瀬の言葉を予想していた正美は立ったまま言った。

「ご安心を。このレンタルスペースは実のところ、怪獣省の管轄です」

「え？」

「表向きは一般企業の経営となっていますが、それはあくまで表向きです。こうしたスペースが全国の主要駅近くに何ヶ所もあります。この部屋も見た目は簡素な作りですが、完全防音で、盗聴の恐れはありません。セキュリティは完璧です」

渡良瀬は丸メガネの奥で目をパチパチさせている。船村も苦笑いしながら、言った。

「私も驚きましたよ。署よりここの方が安全だと、岩戸予報官が」

渡良瀬は部屋をぐるりと見回した後、納得した様子でホッと肩の力を抜いた。

「時代は変わりましたなぁ。なるほど。主要駅にこういう場所を押さえておき、有事の際は現地司令室に転用する。そんなところですか」

さすがは腕利きの弁護士として何年も最前線で戦ってきた猛者《もさ》だけのことはある。動揺も萎縮も見せず、堂々と正面から正美たちを見据える。

「では、安心して質問にお答えできる。前置きはけっこうですから、始めていただきましょうか」

それに応えるかのように、船村も手帳をだす。こうなれば、もう正美の出番はない。あとはベテラン二人のやり取りを拝聴するだけだ。

「おききしたいのは、亡くなられた戸塚具樹氏が関わっていた裁判についてです。特に、最高裁判決を控えた旧清水区の立ち退《の》き、風車病裁判の――」

渡良瀬の顔にさっと陰がさした。

「戸塚氏の件は驚きました。こちらとしても準備を進めていただけに、少々、混乱しておりましてね。この後、静岡県内の原告の方や支持者の皆さんと対応を協議することになっています」

「戸塚氏の死の詳細については、お話した通りです。捜査に当たる私も、状況が特殊すぎましてね、こうして怪獣省にも助力を願っているようなわけで」

正美はぺこりと頭を下げる。会釈を返す渡良瀬の態度には、正美たちに対する懐疑や反発はない。むしろ、事件解決のため協力は惜しまないという気持ちが表れていた。

船村は手帳をデスクに置き、渡良瀬と向き合った。

「裁判の状況については、大体のところは把握しております。はっきり言って、原告の敗色濃厚であることも」

渡良瀬はうなずく。

「勝ち目のない裁判に関わるのは止《や》めておけと、多くの方から言われましたよ。そりゃあ、よく判っていますよ。実際、こうした訴訟はあまりお金にならない。ほとんどが持ちだしといった有様でしてね。事務所の経理にはいつも睨まれています」

だが口調とは裏腹に、渡良瀬の顔は澄みきっていた。

「まあ、だからこそね、私が引き受けないと。他に誰も引き受けてはいない。そうなったら、原告の皆さんはどうなりますか」

「渡良瀬さんのお気持ちは、承知しているつもりです。個人的に、私はあなたを尊敬している」

「何度か冤罪《えんざい》を暴いたもので、警察の方々には嫌われているんですがね」

「警察と言っても、私なんざ、下っ端のさらに端っこを歩いているものでね。組織のことはあまり興味がないんですわ」

頭頂部をペタペタ叩いて、船村はまた笑った。つられたかのように、渡良瀬も笑う。正美はどう反応したものか判らず、何とも居心地が悪い。怪獣相手の方が楽だ。心の奥ではそんなことを思っていた。

笑いが一段落したところで、船村の表情が引き締まる。

「そうは言っても、これは殺人事件です。捜査しなくちゃならない。そして、今のところ、殺しの動機というと、今回の裁判くらいしか出てこんのですよ」

「死者にむち打つようなことは言いたくないが、戸塚氏はお世辞にも評判の良い人間ではなかった。動機を持つ者は多くいるでしょう」

「それはそうですが、被害者の本拠地は東京です。にもかかわらず、犯人は彼がこちらへ来た時を狙った。それが気になりましてね」

「ここは原告たちの地元ですからね」

穏やかに続けられる二人のやり取りだったが、室内にはひんやりとした緊張感が満ちつつあった。互いが間合いを計り合っている。そんな印象を正美は受けた。

先に切りこんだのは、船村だった。

「裁判が敗訴濃厚となると、原告の方々も穏やかならぬ心持ちだったでしょう」

渡良瀬は何も答えず、悲しげな目つきでテーブルに置いた両手を見つめていた。

船村は続けた。

「法でダメならば、実力で戸塚氏に思い知らせよう、そう考える者が出てきても不思議はありませんな」

「ないとは言いきれません」

「どなたか、思い当たる人でも？」

船村は上目遣いに渡良瀬を睨む。船村が初めて見せた、刑事の目だった。獲物を狙うヘビのように、鋭くそしてねちっこく、渡良瀬に絡みつく。

渡良瀬が目を上げる。口元をぐっと引き締めた様子は、荒波にもびくともしない巌《いわお》のような印象だった。

「ありませんな。たとえあったとしても、それをあなたに告げる事はできません」

「これは殺人事件の捜査です。犯人をかばうのですか」

「原告団の中に犯人がいるという証拠はない。そんなあやふやな事で、私は意見を述べられない」

「では渡良瀬さん、あなたはどうです？」

「やはり、そうきましたか」

「弁護士として、あなたは窮地にあった。このまま惨めに敗訴すれば、人権派弁護士として築いた地位も地に落ちる。ならば、判決の前にすべて終わらせてしまえれば、そう考えても不思議はありませんな」

現時点での重要容疑者、渡良瀬はそれまでの仮面を脱ぎ、老獪《ろうかい》な笑みを浮かべた。

「裁判に負けそうになるたび、相手を殺していたら、私は大量殺人犯だ」

「今回は特別だった。あなたの事務所の経営状態、調べさせてもらいましたよ。思わしくないようですなぁ。ここのところ、負け続けておられる。支援者の寄付で何とか回っている、そんなところでしょう。今回の裁判で敗訴が確定となれば、いよいよ……」

「残念ながら、私にはアリバイがあります。昨夜、あの怪獣……何と言いましたかな」

正美は言った。

「グランギラスです」

「そう、それが上陸してきたとき、私は支援者とともに東京にいた。証人は大勢います」

船村は首を振る。

「証言してくれるのは、あなたの信奉者ばかりでしょう？　それでは、アリバイにはなりません。また、あなたご自身で手を下したとは限らない。誰かを雇って戸塚氏を殺害させた可能性もある」

「いずれにしても、証拠はないでしょう」

「しかし、捜査の進むべき方向としては間違っていない。少なくとも、間違っていないようには見える。明日あたり、どこかのマスコミが嗅ぎつけたりすると、あなたの事務所には大打撃だ」

渡良瀬は大仰に肩を竦《すく》める。

「それは困りますが、やっていない事を証明するのは難しい」

「戸塚氏はなぜ、清水管理村に出向いたんでしょうなぁ」

突然、話が飛んだ。正美には彼の意図がまるで読めない。一方、渡良瀬はこの展開までも予測していたようだ。慌てた様子もなく、ゆったりとした調子で「さあねぇ」とつぶやいただけだ。それは船村に対する挑発であるようにも聞こえる。

「何もご存じないと?」

「エナジオは何と言っているのです? 当然、話をききに出向かれたのでしょう?」

「秘書課の人間は、定期的な視察であったと」

「では、そうなのでは?」

船村は頬を大きく膨らませ、「ふぅ」と派手にため息をついてみせた。

「定期的な視察でたまたま赴いた先で、何者かに殺害された。しかも、その地では被害者を相手取った訴訟が進行中。これをたまたまだった、偶然だったと片付けるほど、あたしは初心《うぶ》じゃない」

「刑事に問い詰められたからといって、訴訟に関する情報を漏らすほど、私も初心ではありませんよ。それがたとえ、もう行われる見こみのない裁判であっても」

キツネとタヌキの化かし合いは、いつまで経《た》っても、平行線だ。

正美はそっと手を挙げた。

「あの……一つ、いいですか?」

二人が揃ってこちらを見る。職員室に呼びだされた生徒の気分だ。

船村はこれまた、難問を見事解き明かした生徒を見るような顔で言った。

「もちろんです。どうぞ」

「戸塚氏の件で、一つ引っかかっている事があるんです。正直、事件に関係あるかどうか判らないのですが」

「今の時点で情報を取捨選択するのは、極めて危険です。どんな事でも構いませんよ」

「風車の事なんです」

渡良瀬の肩がぴくりと震えた。興味を引かれたようだ。正美は続ける。

「今回、グランギラスが清水管理村を襲う原因となったのは、海岸線に並ぶ風車の一部が停止しなかったため、と私は考えています」

船村が手帳をパラパラと見ながら首を傾《かし》げる。

「風車については、何の報告も受けていませんなぁ」

それはそうだろう。風車とグランギラスとの関係性は未確定であるし、たとえ因果関係が確認されたとしても、風車の停止に失敗し、怪獣の上陸予想地点を外したのであるから、怪獣省としてはできれば隠蔽したい事実でもある。そんな事に関わる情報を警察庁に流したりするはずもない。

なるほど。だからこそ、私を相棒にしたわけだ、この人は。

船村の抜け目のなさに、正美は感服すると同時に、かすかな冷たい恐怖を感じた。この男を敵に回すと、相当、やっかいな事になる。

正美は過去の新聞記事から、グランギラスが海岸線の動く物体に反応する可能性を考えた事、風車めがけて怪獣が進行方向を変えれば惨事になりかねなかったため、風車の一時的な停止を要請した事、などをまとめて語った。

船村はさすがに興奮気味だ。ボールペンを口にくわえ、「うーん」と唸《うな》り声を上げている。

興味津々なのは渡良瀬も負けてはいなかった。

「つまり、管理村が怪獣に襲われたのは、越中、越南地域一帯の風車が停止しなかったからと？」

「原因究明も風車との因果関係もまだ解明されておりませんが、その可能性はあると考えています」

「これは気になりますなぁ」

船村はスポンと口からボールペンを抜く。

「どう思いますね？　渡良瀬さん」

話を振られた渡良瀬は腕組みをしたまま、目を閉じている。

「渡良瀬さん？」

「事が大きすぎて、一弁護士の手に負える問題じゃありませんよ。しかし……」

老獪な弁護士の頭は、めまぐるしく回転しているようだ。船村は正美と目を合わせると、人差し指を口に当て「黙って待ちましょう」と合図を送ってきた。勝算あり。そんな表情だ。

長い沈黙の後、渡良瀬は目を閉じたまま、正美に尋ねてきた。

「風車の件、怪獣省としてはどう対応されるおつもりですか？」

「徹底した原因究明を行います」

「しかし、相手はエナジオだ。情報提供をしぶるでしょう」

「土屋《つちや》大臣を通し、情報提供を求めます」

渡良瀬が目を開いた。

「土屋嘉男《よしお》怪獣大臣に?」

「怪獣省には、一定の独立権限や逮捕権が認められています。言うなれば、怪獣省のトップは、総理大臣をも凌ぐ権力を手にしている」

「怪獣省が申し入れを行えば、エナジオも抵抗できない。なるほど」

「無論、提供される情報は限定的なものになると思います。それでも、可能な限りの追及は行うつもりです」

「判りました」

渡良瀬は一つ小さくうなずくと、船村に向かって言った。

「船村さん、あんた、恐ろしい人を取りこんだねぇ」

「いやいや、取りこむだなんて、そんな。ちょっと協力をお願いしているだけですよ。ねえ、予報官」

このタヌキめと内心悪態をつきながらも、正美は微笑んでみせた。

「こちらとしても、協力するメリットは大きいのです」

渡良瀬が言う。

「戸塚氏の死亡原因が怪獣でなければ、怪獣省は責任を負わずに済む」

「ええ。怪獣災害による死亡者ゼロが、我が省の掲げる目標ですから」

「予報官にとっても、その方が都合がいい」

「ウインウインというヤツです」

渡良瀬は腹を決めたようだった。

「では私も、そのウインウインに乗せてもらうとしましょう。船村さん、あなたは私を含む訴訟関係者を容疑者として見ておられる。裁判は敗訴確実。ならばいっそ、実力で戸塚氏を葬ってしまおう、つまりは私たちには動機がある」

船村がうなずいた。

「だが船村さん、それは間違いだ。我々には動機がない」

「と言いますと？」

「あなたは薄々感づいているはずだ。わたしたちはね、内部告発者を見つけたんです。どこの誰であるかは絶対に明かせませんが、裁判で証言してくれる手筈《てはず》になっていたのです。旧清水区を巡る立ち退きに関する汚職と、風車病の実態隠蔽について」

「それが事実なら、裁判の様相は一変しますな」

「私も長年、この仕事をやっていますから、裁判が水物と言われても、大体の感触は判る。裁判が行われていれば、我々は勝っていた」

船村は完全に納得した様子ではない。それは当然だ。内部告発者の氏名等が秘匿されている限り、渡良瀬の言葉が真実である証明はなされない。

渡良瀬は続ける。

「もちろん、完全に信用していただけないのは、承知の上です。ただ、今回なぜ、戸塚氏が急に清水管理村を訪問したのか。そのタイミングと合わせて考えていただければ、私の言うことがまるっきりのデタラメではないと、判っていただけるのでは？」

もって回った言い方だが、渡良瀬の言葉は当を得ていた。

エナジジオ側も、内部告発者の存在に気づいたのだ。しかし、その正体までは摑《つか》めなかった。そこで戸塚自身が管理村を訪れ、告発者のあぶりだしを始めた——。

「なるほどねぇ」

今度は船村の方が腕を組み、目を閉じていた。

「渡良瀬さんのおっしゃる事が本当であれば、戸塚氏の管理村訪問の謎が解けるわけだ」

「申し訳ないが、これ以上の情報は差し上げられない。告発者は今後行われる対エナジジオの訴訟でも証言を約束してくれている。私はその人物を何としても守らねばならない」

「判りました。こちらも、そこまで聞こうとは思っちゃいませんよ」

すっと椅子を引き、渡良瀬は立ち上がった。

「用件は済んだようですので、私はこれで」

「お忙しいところ、ありがとうございました」

船村は座ったまま、渡良瀬を見ようともせず、じっと真正面の白い壁を睨んでいる。

「戸塚氏を殺した犯人、捕まえてくださいよ」

渡良瀬は正美に向かってそう言うと、ドアの向こうに消えた。

正美はため息とともに、肩の力を抜く。ひどく緊張していたので、肩、腰が痛む。

こんな人たちの相手をするくらいなら、まだ怪獣の方がましだ。

偽らざる本心だった。

六

「どうぞ、お気遣いなく。命令とあらば、何処へでも喜んで」

ハンドルを握りながら、橋本第三予報官は明るい調子で言った。

後部シートに船村と並び腰掛ける正美は、バックミラーでこちらをうかがう橋本の目に向かって言った。

「目の下にくっきりと隈《くま》が出てるわよ。余計な気を遣わないで、運転に集中して」

「はい、すみません」

「休んでいるところを急に呼びだして、悪かったと思ってる。ただ、今回は特別なのよ」

「いやあ、それにしても、すごい車ですなぁ」

橋本を駆りだす原因となった男は、その責任を感じる様子もなく、革張りのシートをなで回し、エアコンやらライト、ウインドウのスイッチを物珍しげにパチパチやっている。

「警察庁にも、車くらいあるでしょう?」

嫌み半分に、正美は言う。船村はいつもの調子で、はげ頭をぺちんと叩き笑った。

「そりゃ、あることはありますが、大抵は使い古しのポンコツでしてねぇ。こんな、最新式のごっついのに乗るなんて、初めてです」

橋本が言った。

「レクサスLS900HG。最新の水素エンジンを搭載しています。怪獣省では標準装備です」

正美は運転席のシートを蹴る。

「余計な事は言わない」

「す、すみません」

「先の会議室と同じで、任務中の移動には専用車の使用が義務づけられているんです。盗聴やハッキングの恐れもないですし、ガラスは防弾、ドアやフロアは装甲化されていますから」

「でもまあ、いざ怪獣相手となったら、ひとたまりもなく、ペシャンコですけど」

正美はもう一度、運転席を蹴る。

「船村捜査官、申し訳ありません。まだ現場に出たてなもので」

「いえいえ、気にせんでください。運転ができる地元に詳しい人をお願いしたのは、私ですから」

「そのリクエストの意味をうかがいたいです」

「こうした捜査中、一カ所に居着かない事が肝要です。車をお願いしたのはそのためです。もう一つは、地元の方の声を聞きたかったからです」

「それは、戸塚氏やエナジオに対する訴訟絡みの話ですか？」

「ええ。旧清水区の風車病や立ち退き問題は、地元全体を巻きこみ住人たちを分断、遺恨を残したと聞いています。その辺りの事をおききしたくて」

正美は橋本に尋ねた。

「どう？　橋本第三予報官？」

「……もちろん、何でもきいてください」

答えの前に一瞬のためらいがあった。そのわずかな間で正美は、橋本にとって今回の訴訟がまったくの他人事ではないのを察する。

「無理はしなくて構わない。これは命令ではないのだから」

「承知しています。ですが、事件解決のためであれば、喜んでご協力します」

「ありがとう」

車は国道一号線沿いにゆっくりと西へ向かっている。目指すのは、旧焼津地区にある、エナジオ風力発電事業本部だ。

エナジオ側への情報開示要請は、怪獣省土屋大臣を通じて、既に行われている。あとは現場に乗りこみ、必要なデータを受け取れば良い。

安部川《あべかわ》を渡り、短いトンネルを抜ける。道は混雑しており、思ったより時間がかかりそうだった。ナビのモニター内で渋滞を示す赤いラインがチカチカと点滅している。それを睨む正美の横で、船村が言った。

「橋本さんがご存じの事を、何でも構いません、お話し願えますかな」

「うちはボクを入れた三人暮らしで、父親は市役所勤め、母は専業主婦でした。立ち退きの問題が出たときも、うちはどちらかと言うと歓迎ムードというか」

「立ち退きを歓迎？」

「怪獣のせいで漁業は成り立たなくなり、町は衰退の一途でしたから。それに、沿岸部は怪獣災害発生の危険区域、清水もレッドゾーンに入っていたんですよ。ある程度の金をもらって内陸の方に引っ越せるなら、それはそれでありかなって、親父も言ってました」

「お仕事はどうするつもりだったのです？　清水を離れれば市役所も辞めなくてはならなくなる」

「その辺は、エナジオがね、口をきいてくれたんです。新居を構える場所は、静岡市内の再開発地区でした。自然エネルギーのモデル地区のような位置づけでしたから、補助金もたくさん出て。しかもエナジオの関連会社がいくつも誘致されて、仕事もよりどりみどり」

「良い事づくめですなぁ」

「ボクは公務員になって怪獣省に入り、今は市内の官舎住まいですが、両親は高台にある家で幸せに暮らしていますよ。父親はもう定年ですが、嘱託として残してくれる話も決まっていて。なので、立ち退き問題の後に起きた風車病については、あまりよく知りません」

正美は橋本に尋ねた。

「その一方で、立ち退きを拒否した人々がいたわけよね。それはどういう事なの？」

「立ち退きを拒んだのは、ほとんどが漁師の家です。海が見える場所に、なみならぬ愛着があったんだと思います」

「でも、漁業では食べていけなかったんでしょう?」

「護岸工事や原発の取り壊しなど、作業員は常に人出不足でしたから。そこで働きながら、夜は海の見える住み慣れた家に帰る。そんな生活を送っていたんです」

「そこに、立ち退きか……」

「ボクらと違って腕っぷしも強く団結力もありましたし、抵抗運動は相当、熾烈《しれつ》でした。立ち退き容認派との間で、毎日のように小競り合いが起きたりして」

船村が低い声で言った。

「抵抗運動に対して、エナジオは強硬な姿勢で応じた。反社会的組織を使って、それぞれの分断工作や脅迫まがいの事もやったらしい」

橋本も「ええ」とうなずきながら、ため息交じりに言った。

「最後の決め手になったのは、怪獣災害の危険性を唱え、エナジオが世論を誘導した事ですね。当時は日本のあちこちで、沿岸部からの『撤退』が進んでいましたから。海沿いは怪獣被害を受けやすいってデータもありましたし」

「怪獣の危険性があるにもかかわらず、立ち退きを拒む住民たちはわがままだ。そういう流れだったかな」

「結局、旧清水区のほとんどが立ち退きました。巨大な風車建設が始まったのは、そのすぐ後ですよ。そしてそれでも居残った人たちが、風車病にやられた」

「皮肉な事に、清水区はその後、一度も怪獣の襲撃を受けていないんですな」

正美は船村の言葉を苦々しく受け止める。

「グランギラスがやって来るまでは」

再び、道が混み始めた。橋本が前をうかがいながら、つぶやく。

「おかしいいな。混む所じゃないいんだけどな」

風車の並ぶ海岸線とコンクリートで固められた居住禁止地区に挟まれた、見通しのよい直線道路である。

正美たちの車の前方に、一台のパトカーが赤色灯を回して駐《と》まっているのが見えた。白バイも一台、横にある。

制服姿の警官三人が、下り車線の車を止め、免許証の確認などをしている。

「検問かぁ。何かあったんですかね」

「火事場泥棒でも出たんじゃない？」

怪獣被害が出た周辺に、窃盗犯が集まってくるのは今でもよくある事らしい。人の不幸につけこむ、もっとも卑劣で許しがたい犯罪だと正美は常に怒りを覚えていた。

しかし窃盗犯捜査なら、もっと人員が配置されているはずだ。三人だけというのはあり得ない。実際、警官たちはそれほど緊迫した様子もなく、一人が車の誘導に当たり、二人が運転手に免許証の提示を求めている。

橋本が言う。

「地元署の点数稼ぎじゃないですかね。怪獣災害にかこつけて検問を敷き、盗難車や指名手配犯を見つけて手柄にしようっていう」

「警察官も所詮は公務員だし……」

そこまで口にしたところで、自分の横に座る男が警察官である事を思いだした。

「あ、あの……すみません、船村捜査官」

「いえいえ。おっしゃっていた事は事実ですから。お恥ずかしい限りです」

サイレンを鳴らし検問を通過しても良かったが、そこまでして一般市民の恨みを買う事もない。正美たちは大人しく検問を受ける事にした。

五分ほどで、検問の順番がやって来た。橋本がウインドウを下げる。車種などから、こちらが怪獣省である事は、警察官にも判っているはずだ。車の脇に立つ二人の警官は、緊張の面持ちだった。

橋本は怪獣省の身分証を示し、言う。

「職務で藤枝《ふじえだ》まで行きます」

警官の一人が敬礼の後、言った。

「後ろのお二人も怪獣省の？」

その瞬間、船村が叫んでいた。

「橋本君、伏せろ！」

乾いた銃声が響き、正美は何も聞こえなくなった。船村によってシートに押し倒されながら、フロントガラスに飛び散る血を見つめていた。

「橋本！」

声を上げるが何も聞こえない。隣に船村はいなかった。後部ドアは既に開いており、船村が体を丸めて地面に飛び降りるのが見えた。ひらひらとはためくコートの下から、黒いオートマチック銃が現れた。船村が左手で銃を抜き、ためらう事なく続けざまに二発ずつ二度撃った。音はない。薬莢の数でそう理解しただけだ。橋本の血で赤く染まったフロントガラス越しに、警官二人が倒れるのが見えた。船村が開いた後部ドアが、今度は音をたてて閉まる。彼が外側から蹴り、閉めたのだ。車はウインドウも含め防弾製。車内にいれば、危険は減る。もっとも、運転席側のウインドウは開いたままだ。そこから攻撃されればひとたまりもない。

そういうことか。

正美は気づく。襲撃者たちは、橋本にウインドウを下ろさせるために、検問の真似事をしていたのか。

油断だった。それでも、敵が初弾を撃つ寸前に、船村は相手の正体に気づき、行動を開始していた。

なぜ、判ったのか。

『後ろのお二人も——』

ニセ警官の言葉がよみがえる。車の後部ウインドウはスモークになっており、中の人数は見えなかったはずだ。にもかかわらず、彼らは二人と知っていた。

そういう事か。

遠くに銃声らしき音が聞こえた。徐々にだが聴力が戻りつつある。人々の悲鳴や怒鳴り声、近づいてくるパトカーのサイレン音。

正美は腕に力をこめ、上体を起こす。前部シートを見るのが恐ろしかった。飛び散った血の量から見て、橋本は撃たれている。しかも至近距離からだ。

吐き気が湧き上がってきた。口を押さえ、肩で息をしながら堪《こた》える。

怪獣省の第一予報官たるものが、何をやっているのか、情けない。

自らを叱咤《しった》し、後部シートに膝立ちとなる。その瞬間、助手席側を頭にして倒れている橋本の全身が目に入った。頭から大量の血が流れ出て、顔は赤くまだらに染まっていた。薄く開いた目が合う。そこには、かすかな意思が見て取れた。

生きている！

正美は後部ドアを開くと、外に転がり出た。地面に額を打ちつけたが、痛みはまったく感じない。

携帯を構え動画を撮っている一般人たちが、正美を遠巻きにしている。一番手前にいる若い男に向かって叫んだ。

「救急車を。すぐに！」

助手席のドアをそっと開く。傷は頭部だ。下手に動かすわけにはいかない。血を止める作業もできず、正美はただ時おり全身を震わせる第三予報官を見つめているよりほかなかった。

「救急車は？」

怒鳴りながら振り返ったとき、目の前に船村が立っていた。

銃は既に仕舞われていたが、いつものような穏やかな笑みはない。眩しいものでも見るように目を細め、口元はぐっと精悍《せいかん》に引き締まっていた。

「船村さん……」

途端に足の力が抜け、倒れこんだ。そんな正美の体を船村は苦もなく支えてくれる。コートに顔を埋《うず》めると、そこには火薬の臭いが染みついていた。

七

手術室へと続く長い廊下の隅で、正美は一人、壁にもたれかかっていた。待合室にいるよう、再三、看護師たちに言われたが、正美は拒否し、この場所を動かなかった。

手術室では、橋本の緊急オペが行われている。

彼は至近距離から頭を撃たれていた。弾は耳の上あたりから入り、弾丸は貫通していた。致命傷に見えるが、奇跡的に脳や神経の損傷は免れており、命を取り留める可能性はわずかながら残っているとのことだった。

警官に化けた殺し屋が銃を撃つ直前、船村が叫び橋本はわずかに身を助手席側に傾けた。その数ミリの動きが、即死を免れさせたのだ。

手術が始まって、既に二時間近くになろうとしている。正美は何もかもが億劫《おっくう》になり、ただこうして立っているのが一番、楽だった。

両手や服には、橋本の血がべっとりとついている。手を洗い、シャワーを浴び、着替えなければ。もし今、怪獣出現の一報《いっぽう》が入ったら……。

頭では理解できていても、体は動かない。

正美は赤く灯《とも》った「手術中」の表示を見上げ続けていた。

「岩戸予報官」

船村が立っている事にまったく気づいていなかった。この男はいつも気配を消す。そして、突然、間近に現れる。

「予報官、少しお時間をいただけませんか？」

正美は首を振った。

「彼の安否が判るまで、ここを離れたくありません」

「医師の話では、まだかなりかかるとか」

「構いません」

「事の詳細をお伝えしたいと思いまして。怪獣省だけでなく、我々、警察庁の尋問を受けてもらわねばなりません」

「それはまだ先の話でしょう。今は……」

「それと、風車の件、真相が判りました」

そんな事、今はどうでもいい。一人にしておいて欲しかったが、船村は構わず喋《しゃべ》り始める。

「予報官の推理通り、風車が停止しなかったのは、意図的に仕組まれた事です。資料を見れば判ります。橋本予報官が静岡県知事を通じてですね……」

「やめてください！」

正美は叫んでいた。

「橋本予報官はいま、あの扉の向こうにいるんです。助からないかもしれない。それもこれも、私とあなたのせいです。あなたが、こんな事を持ちこまなければ、そして、私がそれを受けなければ……」

「岩戸予報官、彼の件が私のせいだとおっしゃるなら、否定はしませんよ。いくらでも責めていただいてけっこうだ。相手がここまで迅速に強硬手段に訴えてくるなんて、私も読めなかった。そういう意味では、私のミスだ。本当に申し訳ない。しかしね、あなた、このままでいいんですか？　ここまで来ると、事は警察庁内だけでは済まない。エネルギー庁はむろん、怪獣省にだって、大きく関わってくる。だって、人為的に怪獣の進路が操作され、町一個が消えてるんですよ。前代未聞だ」

正美は何とか、船村の長口上を耳から締めだそうとした。だが、彼のねちっこい物言いは、頭の中にこびりつき、うわんうわんと反響する。

「怪獣省の人間として、あなたは最後まで見届ける義務がある」

船村は手術室の扉を指さした。

「扉の向こうで戦っている若者に、あんたは何と声をかけるつもりだ?」

船村はコートの裾をめくった。肩掛けのホルスターにおさまった拳銃が見えた。

「彼を撃った男は、私が殺した。三人の内、二人は私が殺した。もう一人は生かしたまま捕らえた。依頼人の名前を吐かさにゃならんからね」

船村の目には狂気じみた光がある。口元にはかすかな笑みすら浮かんでいるように見えた。

正美はまた吐き気を感じ、思わず口を押さえた。

「予報官、あんたは強い人だ。今まで怪獣を何匹も倒してきた。人の命を救ってきた。私なんぞとは比べものにならない。そんなあんたにだから、敢《あ》えて言うんだ。あんたには見届ける義務がある。判るだろ?」

正美の右手が動き、船村の頬を張った。乾いた音が廊下から消えぬ間に、彼の皺だらけのシャツを摑み、眼前に引き寄せた。

「偉そうに語るんじゃない。橋本の件は、いずれ落とし前つけてもらうから」

船村は心底うれしそうに、笑った。

「それでこそ、岩戸予報官だ」

エナジオ風力発電事業本部のビルは、騒然としていた。東海地区を中心とした全国風力発電事業の総本山であり、太陽光に次ぐ、自然エネルギー発電第二位を走る企業――従業員は技術者まで含めれば八千人を超え、事業収益も右肩上がり。そんな企業の本部ビルが地上五階建ての、いたって簡素な造りである事に、正美は少々、驚いていた。

もっとも、風車自体はそれぞれの設置地区に用意された管理村で管理し、土地開発等の営業は、エナジオ東京本社で一括して行う。仰々しいビルを構え、仕事のない役員を飼っておく必要などないのかもしれない。

それでも、風力発電事業本部長ともなれば、将来、エナジオの役員に就くことは保証され、政財界に顔を売る事もできる。野心多き者の間では、垂涎《すいぜん》のポストであるとの噂もあった。

そんな利権の温床とも言うべき風力発電の本丸に、黒いスーツ姿の捜査員たちが、ぞくぞくと乗りこんでいた。ビルの前には、黒いバンが十二台横づけされ、折りたたんだ段ボール箱を抱えた者たちが忙しげに出入りしている。

ビルの出入口はすべて封鎖されており、静岡県警の警官たちが、二人ひと組で立哨《りっしょう》をしていた。

正美は横に立つ船村の顔を、ただ、見つめる事しかできなかった。

捜査員の男女は皆、船村に幾分の畏怖をこめた黙礼をして、通り過ぎていく。それに対し、会釈を返すことすらせず、ただ襟をたてたコートに顔を埋めていた。

コートの下は、皺の寄った背広ではない。他の者たちと同じ、真っ黒のスーツを着ている。体にぴたりと合っており、生地の艶などから見ても、オーダーメードの逸品だ。

「さて、ぼちぼち行きますか」

船村が低い声でつぶやいた。

「行くって、どちらへ？」

船村はニヤリと意味深に笑ったまま、ビルの中に入っていく。

ロビーの隅には、押収した書類の詰まった段ボール箱が積み上げられており、受付のカウンターでは、捜査員に拘束された女性二人が泣きべそをかいていた。

捜査員たちはエレベータではなく、階段を使っている。彼らは無言のまま、アリの行軍のごとく、上り下りを繰り返す。彼らは己の役割をしっかりと把握しているのだ。

そんな中、船村は正面にあるエレベータに乗った。どうしたものか迷いつつ、正美も後に続く。

船村は最上階のボタンを押した。終始、無言である。小さな背中は、話しかけられる事を拒否している。ただし、まとっているのは緊張や義憤ではなく、殺気だった。

エレベータのドアが開くと、そこは何とも悪趣味な場だった。天井からは豪奢《ごうしゃ》なシャンデリアが下がり、ワインレッドの絨毯《じゅうたん》が敷かれている。正面には金の縁取りがなされた観音開きのドアがあった。

「何なんです、この時代遅れの豪華趣味」

正美はつい口を開いてしまった。

「金の亡者どもが居着いてやがる」

船村はつぶやきながら、おもむろにドアを開けた。

部屋は思っていたほど広くはなかった。右側には洋酒の瓶が並ぶバーカウンターがあり、正面には巨大なデスク。左手は来客用のソファとテーブルが鎮座していた。デスクの後ろには、額装された油絵がかかっているが、価値のあるものなのかどうなのか、正美にはさっぱり判らない。

床は黒光りする板敷きで、デスクもオークの鈍い光沢を放っていた。すべてが仰々しく、時代錯誤だった。

デスクには白髪交じりの髭を蓄えた男が座り、その両側には身長一九〇を超える屈強な男が、それぞれ立っている。

デスクの男は、腰を下ろしたまま怒鳴り声を上げた。

「きさまらが責任者か。いったいどういうつもりだ?」

その声を合図に、船村は足を止める。デスクまでの距離は五メートルほどだ。

黙したままの船村に、苛立ちを露《あら》わにした男がたたみかける。

「こんな事をしてただで済むと思うなよ。私を誰だと思っている?」

船村が言った。

「判りきった事を。風力発電事業本部長、獅子田剛《つよし》さんですよね」

「いい度胸だ。警察庁特別捜査室だか何だか知らんが、君のキャリアももうお仕舞いだ」

獅子田はデスクの電話に手を伸ばす。

「動くんじゃない!」

船村の鋭い一喝に、獅子田の動きが止まる。

「表向きは警察庁特別捜査室と名乗らせてもらっていますがね」

船村はコートの内ポケットから、折りたたんだ紙をだす。それをひらりと広げ、獅子田たちに突きつけた。

「正式には警察庁公安部怪獣防災法専任調査部という。私はその筆頭捜査官。獅子田さん、あんたには逮捕状が出ている。怪獣防災法違反だ」

正美のいる位置から、紙面は見る事ができなかったが、獅子田の顔つきから、突きつけられているのが、紛れもない逮捕状である事は、察せられた。

「こ、公安……?」

船村はさらに近づこうとしたが、その前に、男二人が立ち塞がった。獅子田が個人で雇っているボディーガードなのだろう。公安の名前を聞いても、怯んだ様子はない。

獅子田が叫んだ。

「べ、弁護士の先生が来るまで、この二人を抑えておけ。本社にも確認をとる」

右側の男が太い腕を伸ばし、船村の肩を摑もうとした。遙かに細く短い船村の手が、太い相手の手首を摑むと、なぜか男が顔を顰《しか》めた。船村は表情一つ変えず、さらに手首を捻《ひね》り上げると、つま先立ちになった男の右足を払った。軽く払っただけなのに、男の巨体が揺らぎ、重力に逆らうかのように浮き上がる。船村が腕をさっと上げながら相手の手首を放すと、男は獅子田のデスクに背中から叩きつけられ、電話やPCを散らしながら、テスクの向こう側へと消えていった。

「このっ」

もう一人の男が、摑みかかるのはまずいと悟ったのか、長い足を振り上げ、船村の腹を蹴りつけようとした。

船村の身のこなしは素早く、正美には完全に捉えきる事すらできない。気づいた時には、船村が相手の振り上げた足を腕で抱えこむようにして持ち、残った相手の軸足を容赦なく刈り上げた。男はその場でふわりと浮き上がり、そのまま頭から床に叩きつけられる。二人とも、うめき声を上げることすらなく、気を失っていた。

獅子田は乱れたデスクの後ろで、中腰のまま固まっていた。

船村はデスクに逮捕状を置くと、上目遣いに獅子田を睨み、ゆっくりと顔を近づけた。

「怪獣防災法違反の最高刑を知っているか？」

獅子田は激しく首を横に振る。

「終身刑さ」

支えが外れたかのように、獅子田はストンと椅子にへたりこむ。

「し、知らん。私は何も……」

「あなたには何も知らされていないだろうが、エナジオはあなたを見捨てた。先ほど、怪獣省の要請に応じ、昨夜の東海地区風車一斉停止の詳細を我々に提出したよ。あんた、清水管理村周辺の風車停止要請をわざと現場に伝えなかったな」

「知らん、知らんよ、そんな……」

「午後八時丁度、避難指示と同時に、県知事から一帯に風車停止要請が発令される。それは即座にエナジオ本社に伝えられ、そこから、エナジオ風力発電事業本部、つまりここに最優先事項として通達された」

「その件については、無論、承知している。私は通達に従い、すぐに各管理村に連絡。持ち場の風車を停止するよう伝えた。清水管理村担当区の風車が止まらなかったのは、技術的な問題で、それについては、これから当社の方で検証委員会を立ち上げる予定になっている」

「自分の所の失敗を自分の所で検証したって、無意味でしょう。隠蔽の臭いしかしない」

「違う。我々は……」

「どう言い訳してももう無駄なんだ、獅子田さん。各所に通達されたデータは出揃っている。その中で、清水管理村地区だけが、不達になっているんだ。怪獣上陸予想地点に一番近い、その地区にだけ不達になっている。偶然じゃぁ済まないぜ」

獅子田は汗にまみれ、デスクに置いた両手は哀《あわ》れなほどに震えている。

「知らん……私は……」

「旧清水地区の風車病と立ち退きの訴訟、もうすぐ最高裁判決だっただろう？」

船村はデスクの上に腰を下ろし、うなだれる獅子田を見下ろす形で睨《ね》めつける。

「勝訴確実と言われながら、最近、まずいことになっていたらしいな」

獅子田はもう何も答えない。

「内部告発者だ。実のところ、形勢は大逆転、戸塚氏は窮地に立たされていた。戸塚氏は清水管理村に乗りこみ、内部告発者探しを始めた。戸塚氏が負ければ、次はあんたらエナジオ風力発電事業本部だ。そして次はエナジオ本体とドミノ式に動く。戸塚氏に負けてもらっては困る。

あんたらは全面的に戸塚氏を支援した。内部告発者と言っても、戸塚氏が管理村に乗りこみ、関係者を締め上げれば、すぐに名前くらい判る。当初、あんたらはそう踏んでいた。だから戸塚氏も余裕で、豪華ディナーの予約なんぞを入れていたんだ。ところが、いざとなってみると、住人の結束は思いのほか強い。戸塚氏は予約をキャンセルし、必死になって告発者を探した。万事休す、あきらめかけたところへ、降って湧いた怪獣騒ぎ。あんたらは、怪獣を利用して、もう一度、裁判の趨勢《すうせい》をひっくり返す手に出た」

傍《そば》で聞いている正美には、船村の言葉がよく理解できない。それを悟ってか、船村はやや穏やかな調子に戻り、続けた。

「裁判の争点の一つに、旧清水区に怪獣上陸の危険性はあったのかどうかがあります。エナジオ側は太平洋沿岸部であるから、危険性は大として、立ち退き理由の一つとした。一方、住人側は危険性は低いと主張した。事実、旧清水区は過去、一度として怪獣災害に襲われた事はなかった。つまり、危険性が高いというのは、エナジオ側のでっち上げ。立ち退きを求めるための方便に利用した――というのが、住人側の言い分です」

正美はうなずいた。

「なるほど。今回、旧清水区にグランギラスが上陸した。危険性は低いとした住人側の主張は根拠を失う」

「そう。怪獣の上陸地点に、過去のデータは通用しない。沿岸部はすべて危険地帯と認識すべしという、エナジオ側の主張が証明されたことになる」

「居住区を内陸に移し、空いた土地に無人の風力発電機を設置する。戸塚たちのプランは理にかなっていたことになりますね」

船村は獅子田を再び見下ろした。

「怪獣接近の報告を受けて、あんたはすぐさま、それだけの事を考えた。そして実行に移したんだ。これは完全に怪獣防災法違反。事の重大性から見て、検察は終身刑を求刑するだろう」

「違う」

獅子田が金切り声を上げる。

「ほう、どう違うんだ」

「考えたのは、私じゃない。私は命令されただけで」

「風力発電事業のトップに、誰が命令できるって言うんだ?」

「戸塚顧問だよ!」

船村は正美を横目で見ると、妖怪じみた笑みを浮かべた。

「死人に口なしは通用しませんぜ」

「本当だ。私は昨夜、戸塚顧問から連絡を受けた。彼が語った内容は、今、君が言った通りだ。

怪獣を上陸させれば、裁判を有利に進められる可能性があると」

「それで、清水管理村にだけ、停止命令を不達にした」

「そうだ。情報は後で改ざんできるし、資料の提出を求められても不存在を主張すれば、何とかなる。顧問はそうも言っていた。まさか……」

「顧問自身が怪獣襲撃で命を落とし、それがきっかけとなって我々の捜査が始まる——などと、思いもしなかった?」

獅子田は力なくうなずいた。

船村はため息をつき、デスクから腰を上げる。同時に、背後のドアが開き、捜査員がどっと中になだれこんできた。

両脇を固められ、獅子田は連行されていく。

「なあ、俺は命令に従っただけだ。終身刑になんて、ならないよな。なあ、答えてくれよ」

船村は獅子田から目をそむけ、顔を顰める。

「終生ぶちこんでやりたいが、せいぜい、十年がいい所だろう。戸塚は死んでるし、エナジオ本社は関係を否定するに決まっている。ここまでかね」

正美に語りかけているのか、独り言なのか、船村は肩を落とし、主をなくした部屋を見回す。

正美も敢えて、口を閉じていた。

部屋に残っているのは二人だけ、先までの喧噪《けんそう》が嘘《うそ》のようだ。

船村は頭をペチンと叩き、正美の方を向く。その顔は、初めて会った時と同様、穏やかでどこか頼りなさげなものに戻っている。先までは似合っていた黒のスーツが、何とも不釣り合いに映った。

口を開こうとした正美を、船村は手を挙げて止めた。

「私の仕事はここまでです。ここから後の事は、あなたの判断にお任せしたい」

やはり、この人は判っていたのか。

「しかし、それは私の職務ではありません」

「それは判っています。でも、あなたがやるべき事だ。そうでしょう?」

否定することはできなかった。

船村は正美の正面で敬礼をする。

「ご協力ありがとうございました」

「もうお会いする事もないのでしょうね」

「そいつは判りません」

船村は名刺を差しだした。所属、階級などは何も書かれておらず、船村秀治の名前と、携帯番号だけがある。

「こうして出会えたのも何かの縁です。今後、何かお困りの際には、いつでもご連絡を」

名刺を受け取りながらも、正美は正直な気持ちを伝えた。

「できれば、連絡はしたくありません」

船村は笑う。

「それが一番ですな。では、ご機嫌よう」

くるりと背を向けると、彼は一人、扉の向こうに消えた。

正美には、もう一つ、しなければならない事が残っていた。

八

静岡県島田《しまだ》市市民病院は、静岡空港近くにあり最新設備を備えた基幹病院でもある。

旧焼津地区で負傷した橋本は、救急車でここに運ばれ、現在も入院中だった。

負傷から二週間、三度の手術を乗り越え、現在は一般病室に移っている。驚異的な回復に、主治医も目を瞠《みは》っているという。

彼の病室がある七階にエレベータで向かいながら、正美は携帯を確認する。

グランギラス上陸以来、怪獣に関する警戒警報は出ていない。

だがそろそろだ。正美の勘は告げていた。科学的根拠は何もない。自分でも説明のつかない感覚だったが、正美の勘はよく当たる事で有名だった。

なまずの地震より正美の怪獣。古参の男たちはそう言って笑う。

エレベータを出て、ナースステーションで見舞客を示すタグをモニターに近づける。電子音がして、正美のデータが登録される。廊下を進むと、右手が待合室になっていた。付き添いが食事をしたり、休憩をしたりするためのスペースだった。奥にあるモニターには、昼のワイドショーが映っていた。話題はもっぱら、エナジジオ風力発電事業本部の醜聞についてだ。

本部の建物にはその後も徹底したガサ入れが行われ、長年、慣習として行われてきた贈収賄などから、社員へのパワハラ、セクハラなど、ありとあらゆる膿《うみ》が噴きだしている最中《さいちゅう》だった。捕らえられた獅子田が何を喋ったのか、それによって今後、どの程度の逮捕者が出るのか、エナジジオ本社にまで捜査の手が及ぶ事になるのか。世間はその話題で持ちきりであったが、正美にはまったく興味がなかった。

ドアをノックし、ゆっくりと開く。

南向きの窓から、午後の柔らかな日差しが降り注いでいた。真ん中に置かれたベッドに橋本が横たわる。頭に幾重にも巻かれた包帯が痛々しいが、顔色は思ったほど悪くはなく、橋本は点滴に繋がれた自身の右腕をぼんやりと見下ろしている。

気配に気づいて上げた顔が、綻んだ。

「岩戸予報官！」

「元気そうね」

「もちろんです……と言いたいですが、まだ歩く事もできなくて」

「頭の怪我なんだから、仕方ないわ。命があっただけでも、感謝しなくちゃ」

「感謝と言えば、船村捜査官はお元気ですか？」

「さあ。獅子田が逮捕された日に別れたきりよ」

「退院したら、お礼を言わないと。ボクの命の恩人です」

「どうだろう。公安部の中でもかなり『深い』ところにある部署みたいだから、訪ねて会える人物ではなさそうよ」

「正直、そんな凄い人には、見えませんでしたけどねぇ」

「立ち退き訴訟の方は、エナジオ側と和解するみたいね」

「ええ。詳しくは知りませんが、原告にかなり有利な条件で進んでいるそうです。あの渡良瀬って弁護士も、妙な人だったなぁ」

「エナジオサイドとしては、これ以上、世論を敵に回したくない。渡良瀬さんが上手く立ち回ったのね。風車病の方も、和解交渉が進んでいるみたい」

「それにしても、すみません。わざわざ見舞いに来ていただいて。あ、その椅子に座ってください」

正美はベッドの脇に丸椅子を引き寄せ、腰掛ける。足を組み、橋本と目を合わせた。

「それで、どうするつもりなの?」

「は?」

「このまま、何も言わないで生きていくつもり? それとも、自分から出頭するつもり?」

「おっしゃっている意味がよく判りませんが」

「あなたなんでしょう? 戸塚を殺したのは」


無言のまま、どのくらい向き合っていたのだろうか。気づいた時には、日がやや西に傾き、点滴台の影も長いものになっていた。

橋本の顔からは表情が消え、少し潤んだ目で天井を見上げている。正美が病室に入ってきた時も、彼はこんな目をしていた。

「やっぱり、判ってしまいましたか」

橋本が言った。

「私だけじゃない。船村捜査官も気づいている。気づいていて、黙っている」

橋本はため息をついた。

「ボクはどうすればいいんでしょうか」

「グランギラスの情報を戸塚に流したのは、あなたね」

「ええ」

「いつからなの？」

「実は、入省した時からです」

これには、さすがの正美も驚いた。

「つまり、最初から戸塚、あるいはエナジオに情報を流すために？」

「両親の生活を考えると、選択肢はありませんでした。エナジオに逆らって、生きていくのは難しいですから」

好景気に沸く日本だが、一方で貧富の格差は広がり、地方によっては貧困率が上昇に転じつつある場所もある。

「父はもう歳《とし》で、今の仕事を失うと再就職の道はない。それに、住んでいる場所はエナジオ村みたいな所です。向こう三軒両隣、みんな、エナジオで働いている」

「あなたに与えられた役割は？」

「旧清水区住民の動向などです。期限は裁判終了後まで。怪獣省を選んだのは、人々からの信頼も厚く、情報が取りやすいから」

　怪獣省は国民の間でも人気が高い。そこで働く者たちも然りだ。様々な調査で住人に話を聞いたり、調査に赴いたりもする。住人たちの懐に入りこみ、情報を得るにはベストの選択と言えた。

　橋本は続けた。

「訴訟が終われば、まとまった金額が支払われ、両親の生活も保障される。あと少し、あと少しだったんです。そんなときに、まさか、怪獣が来るなんて」

「グランギラスの情報を戸塚に伝えたのは、あなたの判断？」

「必要と思われる情報は、すべてエナジオに渡すよう言われていました。戸塚はボクとの専用携帯も持っていたくらいで。だから、岩戸さんから聞いたグランギラスの情報も流しました」

　正美は言葉が見つからなかった。怪獣省内にエナジオのスパイがいて、偶然とはいえ、怪獣の情報を一般人に漏らす事になるなんて……。

　橋本が弱々しい口調で言った。

「ボクだと判ったのは、戸塚の行動からですか？」

「戸塚があんな時間までレクリエーション・センターに残っていたのはなぜか考えてみた。何者かとそこで会う予定だったと考えるのが、一番通りがいい。ではそれは誰か」

橋本は自身の手元を見つめたまま、顔を上げない。

「怪獣接近の情報は全国民に対しオープンにされている。ただ、上陸地点が旧清水区周辺と限定されてからは違う」

上陸地点がほぼ確定したのが十七時三二分。風車の停止を正美が思いついたのも、その直前だ。その後、静岡県知事に風車停止要請をだし、エナジオ風力発電事業本部に通達がいったのが十八時過ぎ。

その時点で戸塚たちがグランギラス上陸、風車停止を知ったとしても、計画をたて行動する事は不可能だっただろう。彼らは事前に、すべてを知っていたのだ。

「時間的に見ても、情報を流す事ができたのは、予報班にいた者だけだ」

「認めますよ。エナジオ風力発電事業本部に捜査が入ったのであれば、早晩、すぐに証拠も出てくるでしょうから」

「認めるのは、それだけ？」

正美は明かりをつける気力もなく、力を失っていく夕陽《ゆうひ》を見やりながらつぶやく。手持ち無沙汰だった。タバコか飲み物が欲しい。

橋本が小さく「いえ」と言った時、少しホッとした。とぼけられたら、どうするか。自分の中でまだ結論が出ていなかった。

「認めます。戸塚を殺したのは、ボクです」

「グランギラスの進路について詳細を理解していたのは、私を含めて三人。その中で、アリバイがないのは、あなただけ。緊急避難発令と同時に、発令地区の監視カメラがいっせいに作動するから、犯行は午後八時前には行われた。記録によれば、戸塚は七時四〇分に、エナジオ風力発電事業本部と会話をしている」

「つまり、犯行が可能であったのは、七時四〇分から八時までの二十分」

「管理村からオペレーションルームまでは車かバイクを使えば片道五分ほど。電話が終わるのを待ち、犯行に及んだとしても、充分、戻って来られる。記録によれば、あなたが所定の休憩のため拠点ベースを出たのが十九時十九分。戻ってきたのは一九時四九分」

橋本がふいに、微笑んだ。

「たしかにアリバイはありませんが、ボクが殺したという証拠はない。もし、そう言ったら、どうしますか？」

「あなたの言う通り。戸塚があの日、あの場所で殺されたのは、偶然なのかもしれない。たまたま、戸塚に恨みを持つ者がいて、事に及ぶ。その時、たまたま怪獣が上陸してきた」

「ないとは言いきれないでしょう？」

「そうね。あなたは、自分が行くまでその場に留まるよう戸塚に指示したのでしょうけど、戸塚との専用携帯は殺した時に回収しただろうから、その他のやり取りも含め、通話記録は辿《たど》れない」

「そうかも、しれません」

「だけど、管理村一帯には、十九時半から四五分まで、特殊なガスが放出されていたの。その成分が、あなたのジャンパー、及びバイクから検出された。距離、風向きを考えても、拠点ベース近辺にまでガスが到達する可能性はない」

橋本は薄く笑う。

「ガス……。つまり、ボクはあの日、あの時、管理村にいた。動かぬ証拠ってヤツですね」

正美はもう、語るべき言葉を持たなかった。立ち上がり、壁のスイッチを押す。間接照明のぼんやりとした光が、病室を照らしだした。そのまま、カーテンを閉める。彼方には夕焼けが広がり、病院の周囲は既に薄い闇に包まれていた。

橋本が言った。

「我慢の限界だったんですよ。グランギラス上陸の可能性を伝えた時、ヤツはつぶやいたんです。これは千載一遇の好機となるかもしれないって。その瞬間、ヤツの企《たくら》みは判りました。予報官にすべてを明かそうかと思いました。でも、そうなると私の両親はどうなるのか。みんなの暮らしを壊す事なく、戸塚のこれ以上の悪行を止める方法は、一つしかない。そう思ったんです……」

正美は立ったまま彼の青ざめた顔をうかがう。

すべてを打ち明けてくれていれば、風車を停止させる事もできた。

あなたのせいで、百戸を超える建物が破壊され、千人が避難所暮らしを強いられている。湧き上がる非難の言葉を飲みこみ、ベッドに背を向ける。橋本の顔を正視する自信がなかった。

ドアを開けると、静岡県警の捜査員が数名、待機していた。

正美と入り替わりに、中へと入っていく。

暗い廊下を歩きながら、船村の事を思った。

『私にとっては、怪獣なんて比べものにならないくらい、怖い』

彼の言葉がよく判る。

正美の携帯が鳴った。病院なので、音は出ないようにしてある。それでも鳴った。

つまり緊急だ。

新たな戦いが始まる。正美はグランギラスの事も、船村の事も、橋本の事も、頭から閉めだした。

携帯をオンにして言った。

「こちら岩戸第一予報官。怪獣の名称、現在地を報《しら》せ」

第二話

餓戚持区の静寂

一

「対象特定。現在侵攻中の怪獣はラウゼンゲルンです」

オペレーター尾崎《おざき》からの報告に、岩戸《いわと》正美《まさみ》はぐっと下唇を噛《か》みしめた。予想はしていたことだが、できることなら、別種であって欲しかった。

現在位置は日本の南一四〇〇キロの地点。このまま直進すれば、今夜にも関東以西の太平洋側に上陸することになる。

正美が座るのは、巨大トレーラー内に造られた移動指揮車司令本部の予報官席である。限られたスペース内にこれでもかと電子機器が詰めこまれ、一度席に着けば、足を組むことすらできない。それは背中合わせに座る尾崎も同じだった。

怪獣省のある霞ケ関《かすみがせき》を出て既に三時間、指揮車は太平洋岸に沿って、国道一号線をゆっくりと西進していた。

正美の正面には巨大なモニターが一つ。手元にはタブレット端末のモニターが三つ並び、それぞれ必要なデータを示している。

尾崎が次々と情報を伝えてくる。

「対象の航行速度は時速五〇キロ。上陸予想時刻は明日の午後九時前後となります」

「進路も定まっていないのに、時刻を予想しても無駄だ。それよりも、上陸地点への誘導を第一とすべきか、父島《ちちじま》の対怪獣システムを使って足止めし、殲滅《せんめつ》すべきか」

「ラウゼンゲルンはたしか、音に敏感なんでしたね」

「そうだ。今までの確認例は今回も含め三件。最初の確認は一九七二年の東ベルリンだ。地中より突如出現し、甚大な被害をだした。迎撃に出た戦闘機、戦車の音に反応、溶解液を吐き二十四時間にわたって暴れ続けたためだ。この時は結局、対象を殲滅することができず、音を使って海底に誘導したとある」

「つまり、その時の個体は、まだ生きている可能性もあると」

「そういうことだ。人類が手痛い敗北を喫した怪獣の一つだ」

「溶解液って、そんなに威力があるんですか?」

「強酸性で、一度吐かれると、止めようがない。いまだに中和剤もなく、半径数百メートルが被害を受ける。溶解液は地中にまで及び、地下ケーブルなどのインフラもすべて破壊される。現代社会において、ヤツの溶解液は致命的だ」

「二度目はたしか、八〇年代のオーストラリアでしたね」

「八四年だ。インド洋を渡り、オーストラリア西部のコーラル・ベイに上陸した。ベルリンとは別個体であると確認はされている。だがこのときも、迎撃システムが未整備だったため発見が遅れ、日中の上陸を許した。避難勧告も遅れたため、避難車両の音に反応、溶解液を噴射して、怪獣災害史上最大の人的被害が出た。オーストラリアが日本の怪獣迎撃システムを導入したのは、翌年の八五年からだ」

尾崎はモニターで情報を検索、正面のモニターにだした。

「判明しているラウゼンゲルンの弱点は冷気。溶解液噴出前に、冷線ミサイルを撃ちこみ、マイナス二七三度で凍結させる――」

「コーラル・ベイ災害の時、日本から実験段階のものを輸送し、二発を命中させ殲滅に成功している」

「となると、今回も撃退方法はあるわけですね」

「そういうことだ。問題は、どこにヤツを誘導するかだが……」

南海上にはラウゼンゲルンを示す不気味な赤い点が明滅している。航行速度が遅いため、さほどの切迫感はないが、今も確実にヤツは正美たちの住む日本に近づいている。

尾崎が腕を組みながら言う。

「できることなら、本州上陸は避けたいところですねぇ」

正美も同感だった。撃退方法が確立されているとはいえ、問題は溶解液だ。中和剤は開発できておらず、一度吐かれたら浸食は簡単に止まらない。やはり父島の怪獣殲滅特区に誘導し、ケリをつけてしまうのがベストだろう。

ただし、そのためにはヤツを的確に誘導する必要がある。

「どうしますか」

尾崎が早期の決断を求めてくる。索敵班からの報告を受けて既に三時間。霞ヶ関の怪獣省中枢では、正美の判断をジリジリしながら待っていることだろう。

父島の面積二三・四五平方キロのうち、南側約半分は、現在、対怪獣防衛の第一防衛ラインの一つとなっている。日本に襲来する怪獣の多くが、海からやって来る。海底を進む敵をいち早く見つけ、本土からなるべく遠いところで殲滅することが、怪獣邀撃《ようげき》戦の基本戦略でもあった。

現在、父島の地下には怪獣殲滅用の各種兵器が格納されている。地表は強化コンクリートで覆われ、状況に応じては、一部を完全にドームで覆うことも可能である。

冷線ミサイルも二基、配備されているはずだ。

「問題は誘導か」

ラウゼンゲルンは音に過剰反応するが、それは人工物による音に限られる。風音や波のうねりなど自然の発する音には反応を示さないのだ。

父島には怪獣誘導用の音を流すスピーカーもある。しかし、海中深くを航行するラウゼンゲルンに効果があるかどうか。

戦闘機《ビートル》による爆雷攻撃で、海上におびきだし、そのまま誘導する手もある。

だがいずれにせよ、効果の程は未知数だ。

再び尾崎の声が、正美の思考を破る。

「どうします？　父島接近まであと六時間ほどです。準備などを考えると、もう限界です」

「ラウゼンゲルンを父島に誘導、殲滅する。誘導方法については、殲滅班と緊密な連絡を取りつつ、ビートル機による爆雷投下の可能性も考慮して決定する」

「了解！」

尾崎のキーを打つ手が、さらに早くなった。正美の決断を、全部署に文書で通達しているのだ。

巨大モニターに新たなウインドウが立ち上がった。冷たい顔つきの男が映しだされる。正美は舌打ちを堪《こら》え、無表情のまま、モニターを凝視する。

「岩戸予報官、ラウゼンゲルンを父島に誘導するとのことだが」

平田《ひらた》統制官だ。いわゆる事務方のトップであり、現場と霞ヶ関の間を取り持つ中間管理職の役割——と言えば聞こえはいいが、ようは予算でがんじがらめにされた省内において、現場の暴走を防ぎ、無駄を排し、規律を維持するための監視役である。正美にとっては、目の上のたんこぶ、疫病神のような存在であった。

「統制官、報告の通りです」

「理由を説明したまえ」

「怪獣殲滅は本土から遠ければ遠い方が良い。怪獣省発表のガイダンスに従ったまでですが」

現場のことなど何も判らぬ青びょうたんめ。

「何か、言ったかね？」

平田は読唇術ならぬ、読心術に長《た》けているともっぱらの評判だった。さして能力は高くないが、世渡りの処世術だけは飛び抜けており、権力者の動向をきっちりと見極め、コバンザメのごとくぴたりと寄り添うことで、今の地位を手に入れたと言われている。

正美はときおり大きく乱れる通信動画の画面を見つめながら言った。

「いえ。すみやかに作戦行動に移行したいのですが」

平田は口元を引き締めたまま、モニターを介して正美を見つめ返してくる。

「平田統制官、まだ私に何か？」

冷静を装いつつも、正美は少なからず混乱していた。

怪獣省内で、事務方トップの権力は絶対だ。平田に対し、公然と異を唱えられる者はいないだろう。わずかな例外が、索敵班、予報班、殲滅班の各班長たちであった。現場第一主義を貫き、大きな権限を与えられている班長は霞ヶ関の中でも別格の存在であり、たとえ事務方のトップといえど、迂闊《うかつ》に逆らうわけにはいかないのであった。

にもかかわらず、平田は作戦遂行の決断を下した直後、正美にわざわざコンタクトをとってきた。本来なら、まったく無用の通話である。

嫌な予感がした。

平田は一瞬、口元を引き締めると、意を決したように予想外の言葉を口にした。

「父島の使用は許可できない」

「統制官、申し訳ありません、復唱願います」

「父島の使用は許可できない。対象の殲滅は本土にて行うように」

「それは、統制官のご意見なのでしょうか」

「そう取ってもらって構わない」

「しかし、怪獣誘導の決定権は予報官にあります。明らかな越権行為では？」

「予報官……」

「土屋《つちや》怪獣大臣はどのように？」

「現場の監督は、統制官の職務の一つでもある。越権行為と捉えられるのは、心外だ。だが、今までの慣例もあるだろう。意固地になるつもりもない。だが一つだけ聞かせてくれ。父島への誘導は可能なのか？」

「可能です。しかし、誘導には常に不確実性が伴います。ラウゼンゲルンの場合、一定周波数の人工音に激しく反応するとのデータがありますが、果たしてそれが海中で同様の効果を発揮するのかは、未知数です」

「なるほど。誘導は絶対確実とは言えないわけだな」

「そうは申しておりません。父島防衛隊には、垂直離着陸が可能なビートル機が配備されています。爆雷攻撃などにより、ラウゼンゲルンを海面にまでおびき寄せることも可能かと思います。そうなれば……」

「しかし、絶対確実とは言えない」

「……それは、そうですが」

「父島誘導作戦を決行して失敗した場合、その後の作戦が後手に回る恐れがある。さらに、怪獣の進行方向が予測しにくくもなる。違うかね」

「はい。その通りです」

「父島誘導作戦が失敗し、その後の進行方向が不明となった場合、本土太平洋岸全域における警戒レベルを最大に引き上げる必要が出てくる」

「それは極論です。たとえ、父島誘導作戦が失敗した場合でも、進路予想は早期にたてられます」

「私は、最悪の事態が起こることも想定して、各班を監督している」

いよいよ、正美も冷静さを保っていられなくなった。こんな会話をしている暇はない。一刻も早く、父島一帯に警戒警報をださなければならないというのに。

すぐ背後では、尾崎が固唾《かたず》を呑《の》みながら、成り行きを注視しているのが判った。

「統制官、では、どうすれば良いと思われますか」

相手のペースに乗るのは癪《しやく》だが、相手は思った以上に頑《かたく》なだ。容易に折れることはないだろう。

平田の目には、勝利の色がありありと浮かんでいた。

「対象をこのまま本土まで誘導、いずれかの怪獣殲滅特区で冷線ミサイルを以て、これを殲滅したまえ」

「それはあまりにも危険です。ラウゼンゲルンの武器は溶解液です。一度でも溶解液を吐かれれば、一都市が消滅するほどの被害となります。死傷者の数も甚大になるはずです。溶解液の半減期は四十五年。その間は草木も生えず、むろん、人の立ち入りも不可能となります」

「そうならないよう、万全を期したまえ」

なぜ統制官は今回に限り、予報官の決断に横やりを入れてきたのか。なぜ、本土殲滅にこだわるのか。

疑問ばかりが残るが、正美の本分はあくまで怪獣の進路予報と誘導だ。

頭を切り替える。

ラウゼンゲルンを本土で迎え撃つ。となれば、考え得る手段は何か。

「平田統制官、私に一つ、プランがあります」

「ほう」

「音に敏感な対象を確実に殲滅できるプランです。それを認めていただけますか」

「ああ、構わんよ。どんなことでもしよう」

その言葉が欲しかったのだ。

勝ち誇っていた平田の顔つきが強《こわ》ばるのが判った。得意の読心術で、正美の心を見抜いたか。

「岩戸予報官待ちなさい。君はまさか……」

「そのまさかです。ラウゼンゲルンの上陸地点に、完全音響統制を行います」

二

「ラウゼンゲルン、進路を北西に変えました」

そこまでは予想通りだった。父島より発進したビートル機が水中スピーカーを吊《つ》り下げ、海中に投下。合成した人工音を流し、ラウゼンゲルンの進路を調整していく作戦をとった。

効果はほぼ予想通りであり、完璧とは言えずとも、ある程度の誘導が可能との結論が出た。

人工音を使い、ラウゼンゲルンを公海外へと誘導できればベストだが、一度、領土内に侵入した怪獣を、故意に外へと誘導する行為は、国際法で禁止されている。

だが大きな問題もあった。ラウゼンゲルンが、近海を航行中の船舶が発する音に、強い反応を示したのだ。

ビートル機自体は、静音飛行が可能であり、さほどの影響はなかったが、通常の船舶、飛行機となると話は別だ。

ただちに政府を通じ、航行停止、飛行禁止の措置を講じたが、既に手遅れであった。

『スピーカーの効果を信じるしかない』

ラウゼンゲルンの聴力はまったくの未知であり、別個体の誘導データも当てにはならない。結局、物を言うのは現場での判断と経験による勘だった。父島防衛隊は精鋭揃《ぞろ》いだ。必ずや、やり遂げてくれる。

今の正美にできることは、ただ彼らを信じることだけだった。

父島を作戦拠点に選んでいれば……。

平田統制官への苛立《いらだ》ちが、腹の底でくすぶり続ける。

誘導開始から二時間後、ラウゼンゲルン上陸予想地点が二カ所にまで絞りこめた。

一つは和歌山県紀伊《きい》半島の最南端、潮岬《しおのみさき》防衛基地。ここには広大な殲滅特区も設けられ、迎え撃つには最高の立地だ。

もう一つは兵庫県淡路島《あわじしま》だ。ここには関西地区最大の防衛拠点があり、潮岬同様、最新鋭の対怪獣兵器も揃っている。

淡路島に行ってくれれば、溶解液への防御もしやすい。万が一、吐かれたとしても、島であれば、被害を最小限で食い止められる。

だが大きな問題は、中核都市の一つである大阪が近いという点だ。

室戸《むろと》や阿南《あなん》といった四国地区への誘導も考えられたが、ラウゼンゲルンは直進を好む傾向があり、極端な誘導は逆効果となる恐れもあった。日本近海まで来て、コントロール不能に陥ったら、それこそ悪夢だ。

万全を期すならば、潮岬か淡路。

正美たちの乗る移動指揮車も、既に名神《めいしん》高速を通り大阪に入っている。

進路が決まれば、即座にそちらに向かう手筈《てはず》だ。

尾崎の声が響く。

「予報官、完全音響統制を行うためには、今が発令ギリギリのタイミングです」

決断の時だった。

「潮岬基地に通達。ラウゼンゲルンは潮岬殲滅特区に誘導する」

「了解」

通達を受け、潮岬からは父島隊と同型の海中スピーカーを搭載したビートル機が緊急発進している はずだ。

「尾崎、父島隊に伝達。諸君らの働きに感謝する」

「了解」

正美は正面のモニターを見つめる。

ラウゼンゲルンの現在地点を示す赤い点は、潮岬から二〇〇キロのところにある。

あと四時間……。

完全音響統制を実行するには、時間が十分あるとは言えない。各省庁の連携がどの程度うまくいくかが鍵だ。

発令地域は紀伊大島を含む、和歌山県東牟婁《ひがしむろ》郡串本《くしもと》町一帯。海岸線は人の居住が禁止されているため、一般住人の数はさほど多くはない。しかし、紀伊本線新串本駅前には船舶の発着場が設けられ、遊覧船での周遊や海釣りで人気のスポットとなっていた。観光客も含め、対象人数の把握が難しい。

さらに観光客は、音響統制などの指示に従いにくいとの統計もある。果たして、どれだけ抑えこめるか。

音響統制は怪獣邀撃戦においてしばしば用いられる緊急事態要項の一つである。ラウゼンゲルンのように音に対して反応する怪獣に対処するため、生活音を含む一般の音響を規制することが目的だ。

過去、日本には自動車音や飛行機のジェットエンジン音などに対し攻撃性を見せる怪獣が出現、甚大な被害をもたらした。また、バイオリンやオカリナなど特定の楽器に対して反応するものもおり、法整備の結果、特定の音響を一時的に規制する「音響統制法」が成立、即日実施されることとなった。

一方で、会話等も含むすべての音響を統制する「完全音響統制」が発令されたのは、過去二度しかない。今回は実に十七年ぶりの発令だ。

次々と入る尾崎からの報告を、頭の中で必死に整理していく。

「誘導順調。潮岬殲滅特区への上陸予定時刻、二一時二四分」

「串本地区の住人避難は？」

「串本分屯基地主導により、順次、行われています」

「完全音響統制の発令は？」

「既に発令済みです」

正美は肩の力を抜き、椅子にもたれて愛用のコーヒーカップを手に取った。フレンチローストに砂糖とミルクをたっぷり入れたものだ。正美以外は誰も飲もうとしない代物だが、刺激と知力の回復を両立できる、数少ない飲み物の一つだ。

ここまでくれば、正美にできる事はごくわずかだ。自身を信じ、結果が出るのを待つしかない。ただしそこには、何万という人命がかかっている。重圧を振り払い、日本に接近しつつある赤い点を睨《にら》む。

左サイドのモニターには、各局のニュース番組がウインドウごとに分かれ、映しだされている。

『十七年ぶり　完全音響統制発令』

『接近中の凶悪怪獣　過去にドイツ、オーストラリアを壊滅状態に』

『潮岬を含む新串本町の避難続く』

デスクに固定された赤い色の電話器が光った。ここにかけてくることができるのは、殲滅班の班長のみである。

すぐに受話器を取る。

「殲滅第三班班長の海江田《かいえだ》だ」

声を聞けば判る。それでも所属と姓を名乗るところが、彼の律儀さと忠実さを表している。殲滅班の中でも、最も信頼のおける男だった。

「対象の上陸予定時刻が二一時二四分。完全音響統制の完了が午後二一時丁度。あまりに余裕がない。上陸を遅らせることはできないか」

「不可能ではないが、リスクを伴う。介入は最小限にしたい」

「了解した。ただし、冷線ミサイルの発射音への反応を考えると、着弾は特区の中心部で行いたい」

ミサイルは地下に格納された発射台より上空に向け発射。その後、自動追尾でラウゼンゲルンに向かう。

音響統制で他の音を消したとしても、ミサイル自体の音を消すことはできない。ラウゼンゲルンがもっとも嫌う、ジェット音に似た轟音《ごうおん》を伴いつつ、ミサイルは標的に向かっていくのだ。

ラウゼンゲルンがミサイルの飛行音に反応し、何らかの行動を取る前に命中させねばならない。そのための猶予は三秒、長くても五秒だ。

となれば、発射位置と冷線ミサイルの効果範囲、半径百メートルギリギリの線を見極めねばならない。

現在のところ、その最適地が、殲滅特区の中心部であった。

「上陸予想地点から、中心部までの距離は？」

「九一六メートル」

「ラウゼンゲルンの歩行速度データは現存していない。類似種からの推測となるが、中心部到達までに約五分」

怪獣邀撃戦中の五分は長い。怪獣は一分足らずで、都市一つ、国一つを消し飛ばすこともできる。

「長いな」

海江田のため息ともつかぬつぶやきに、思わず、受話器を握る手に力がこもった。

「誘導は任せなさい。そちらは殲滅攻撃にのみ集中して」

「了解だ」

通話は切れる。

五分。二一時二四分から二九分まで。

やってやろうじゃないの。

強力なプレッシャーを感じるとき、正美はいつも笑顔になる。自身ではまったく意識していなかったが、同僚のオペレーターたちの間ではかなり前から公然の秘密であったらしい。

いくら私が図々しいからって、作戦遂行中に笑うなんて……。

それ以来、正美はデスクの引きだしに手鏡を入れている。

そっと引きだしを開け、一番上に置いてある鏡を覗《のぞ》きこむ。

不敵に微笑む、自身の姿があった。


二一時二四分、予定通りの時刻に、ラウゼンゲルンは北緯三三度二六分、東経一三五度四六分、本州最南端とされる地点に上陸。同時刻、殲滅特区に設けられたスピーカーからの誘導が開始され、ラウゼンゲルンは移動を開始。九〇〇メートル先の攻撃地点に向けて進み始めた。

正面モニターには、自動監視カメラが捉えたラウゼンゲルンの全身が映しだされていた。夜間ではあるが、細部までくっきりと見える。怪獣学者たちは小躍りしているだろう。

ラウゼンゲルンは水陸両棲《りょうせい》であり、上陸時は二足歩行、身長は五二メートル、体重は未計測、太い脚に小さな腕、長い尻尾を有する、いわゆる恐竜型に分類される。頭部は小さく、側頭部にそれぞれ鋭い角がある。口は角の部分まで大きく裂けており、口内には鋭い牙が並ぶ。これは肉食を思わせるが、正確なデータはいまのところ、皆無である。

皮膚に鱗《うろこ》や襞《ひだ》などはなく、全体的につるりとした印象だ。背びれ等は確認できず、目の色は黄色。オーストラリアに残された情報によれば、口から溶解液を噴射する際、腹部中程にあるオレンジ色の丸形文様がわずかに発光するらしい。

ラウゼンゲルンの溶解液に関しては、オーストラリア政府が、死体を解剖しメカニズム等を調査しようとしたものの、第二胃袋からあふれた溶解液をコントロールできず、研究施設三棟と研究者多数を失う大惨事を引き起こしており、以後、溶解液の研究は完全に停止、ラウゼンゲルンの死体は地下深くの冷凍貯蔵施設で、今も保管されているとの噂《うわさ》だ。

正美たちの移動指揮車は、潮岬から北へ一五〇キロ地点に停車していた。指揮車内は完全防音であるため、機器類の音や会話に問題はなかったが、尾崎も何となく口を開きづらいのか、先から重い沈黙が指揮車内を満たしていた。

串本町全域に発令中の音響統制は、堅実に守られているようだった。ライフラインは維持しているものの、テレビ、ラジオ等の放送は中止、車両等の使用、外出は無論禁止で、室外機の音を消すため、冷暖房の使用も禁止となる。店舗等の営業もすべて禁止され、バス、電車などの公共交通も全面ストップする。かなり過酷な状況となるが、怪獣殲滅後には、発令地域一帯にかなりの額の慰労金が支払われることとなっている。

道路の各所には警察官、自衛官が立ち、音を発するもの、あるいは外出者、違反者を見つけた場合は、即座に身柄を拘束する手筈となっていた。音響統制違反は罰金に加え、懲役十年以上の可能性もあるなど、相当に厳しいものとなっている。

そうした諸々の対策もあり、現在のところ、ラウゼンゲルンが反応を示すような不測の事態は起きていない。

正面モニター脇に置かれたデジタル表示板が、三〇〇秒から数字を減らしていく。現在、二四〇秒。

広大な殲滅特区の中を、ラウゼンゲルンは雄叫びを上げることなく、悠々とした足取りで進んでいく。

地下施設では既に、冷線ミサイル二基の発射準備が整っている。怪獣の真下に陣取っている殲滅班の海江田たちの心中はいかばかりであろうか。

二〇〇秒。長く黒い尻尾がゆらりと浮き上がり、コンクリートを叩《たた》く。

殲滅特区の強力な照明群は、数年前に完全無音化を実現しており、今回は図らずも実証実験の場となった。

いまのところ、無音化はほぼ成功したと言っていいだろう。

一一〇秒。

歩行速度は一定。これならば……。

一〇〇秒。

ラウゼンゲルンが足を止めた。

「ラウゼンゲルン、進行停止」

「見れば判る。何が起きた？」

「判りません」

尾崎のモニターには、ラウゼンゲルン周辺の温度、気圧から放射線レベルに至るまで、あらゆるデータが表示されている。対象に異常があれば、その原因を即座に特定するのが、オペレーターの仕事でもあるのだが……。

尾崎は正美が知る中で、もっとも優秀なオペレーターだ。その彼が判らないと言うのだから、原因は単純な自然現象ではないということだ。

では、何だ？

九〇秒。

ラウゼンゲルンは既に十秒間、停止している。

『ウォン』

マイクがラウゼンゲルンの唸《うな》り声を拾う。手のひらが汗ばんでいた。

腹部の丸い文様が、ぼんやりと黄色く光り始めた。

まずい……。

いますぐ、冷線ミサイルの発射を勧告すべきか。

正美は手元にあるタブレットの赤い表示キーを見つめた。これを押せば、即座に海江田はミサイルを発射する。殲滅特区の中だ。多少、攻撃位置がずれても、周辺に被害が及ぶ恐れはない。

だが、ミサイルがラウゼンゲルンに着弾するまでの時間は一秒延びる。その一秒が致命的な事態を引き起こさないとも限らない。

さらに、絶対零度を作りだす冷線の影響範囲内に、監視塔が二つあった。それぞれ職員二名が詰めているはずだ。現在は地下に退避しているはずだが、それでも、冷線による冷却効果の影響を受ける可能性はゼロではない。防寒装備を身につけているわけではないので、わずかな影響でも死に至る。

一方、万が一溶解液を吐かれたら、海江田を始め、潮岬にいる殲滅班は跡形もなくなる。被害は拡大し、新串本町も大きな被害を受けるだろう。音響統制中で、避難情報も伝わりにくい。

考え得る限りで最悪の事態となる。

ラウゼンゲルンはまだ動かない。新串本町方面の市街地を睨みながら、ひどく興奮した様子で、尻尾をブルブルとくねらせる。

腹部の文様はさらに光をましていた。

ダメか。

目に汗が入り、袖で乱暴に拭う。

指をタブレットに滑らせようとしたとき、ラウゼンゲルンが動いた。

一歩、一歩と攻撃予定地点である中心部に向かっていく。

停止時間は一分五秒。

攻撃時刻はかなりズレたが、ミサイルの発射は手動だ。作戦遂行上に大きな問題はない。予定通りの攻撃位置で、ボタンを押せばいい。

正美は立ち上がったまま、モニターを睨みつけた。

ラウゼンゲルンは悠々と進んでいく。

正面モニターには、時間に代わって、攻撃予定地点までの距離が表示されている。

一〇〇メートル、八〇メートル――。

ラウゼンゲルンは比較的落ち着いているように見える。あの一時的な停止、溶解液発射の仕草は、いったい何だったのだろうか。

四〇メートル、三〇メートル。

この時点で、指揮権は既に殲滅班に移行している。正美の役目は終わったということだ。

椅子に深く腰を落とし、腕を組んで画面を見つめた。

二本の白い航跡が、コンクリートの中から飛びだした。ミサイルだ。ラウゼンゲルンの反応は早い。ミサイルの位置に向かってぐっと体を捻《ひね》る。腹部の文様が発光を強めていく。側面まで裂けた大きな口がぐわっと開いた。

画面全体が光に包まれ、何も見えなくなった。数秒後、映像が完全にロスト、画面は黒く沈んだ。

正美は待つ。

一分、二分。

尾崎の声が耳を打つ。

「ラウゼンゲルンの殲滅を確認。作戦終了です」

「了解」

正美は席を立ち、ぎっしりと詰まった機器を跨《また》ぎこえ、腰をかがめないと通れない「茶室」と呼ばれている、小さな四角いドアを開いた。

阪神《はんしん》地区の淀《よど》んだ空気が吹きこんでくる。そんなものでも、今の正美には心洗われるほど爽やかに感じられた。

着ている怪獣省の制服は汗で湿っている。シャワーを浴びたいところだが、移動指揮車にそのような設備はない。

「まあ、仕方ないか」

路上に座り、空を見上げる。

雲は消え、星の瞬《また》きが見える。

報告を終えた後は、四十八時間の休暇だ。

作戦終了後は晴れ晴れとした気分で、二日間の過ごし方を考えるのが常であったが、今回ばかりはどうしても引っかかりを覚えてすっきりしない。

ラウゼンゲルンはなぜあのとき、足を止めたのか。

考えられる事は一つ。何らかの音が聞こえたのだ。ラウゼンゲルンの気を引くような何かの。

しかし、付近の航空機、船舶はすべて運航を中止、近隣の工業地帯もすべて操業を停止していた。住宅地で何か騒ぎが起きたという報告も入ってはいない。

正美は立ち上がり、指揮車のドアを勢いよく開く。大口を開けてあくびをしていた尾崎が、そのままの状態でピタリと静止した。

「音響統制中は、一帯の音声を録音しているわね」

「も、もちろんです。現在、怪獣省の解析センターで分析中かと」

「殲滅特区の音声を至急、分析させて」

「分析なら、もうやっています。そのぅ、どのような分析をお望みなんです？　それを指示していただかないと……」

「まず、殲滅特区の音源が欲しい。ラウゼンゲルンに近ければ近いほどいい。その音源から、ラウゼンゲルンの音を除去、その他、殲滅班の攻撃に関する音声も除去」

「ちょっと待ってください。ラウゼンゲルンの音って、具体的には何なんです？」

「すべてよ。足音、声、尻尾による振動音まで、すべて。それから冷線ミサイルの発射音も」

「そ、それは、短時間では難しいと思います」

「一部分で構わない。ラウゼンゲルンが停止した瞬間、その前後五秒が欲しい」

尾崎は首を傾《かし》げながらも、正美の要求を打ちこみ、解析センターに送っている。

「ラウゼンゲルン、及び殲滅班による攻撃に関する音をすべて除去――。でも予報官、こんなことをしたら、聞くべき音がなくなってしまいますよ」

「それでいい。聞くべき音を消し去れば、そこにあるはずのない音が浮き上がってくるかもしれない」

聞き慣れた電子音とともに、尾崎の指が素早くキーをタッチする。

「すごい、もう届きましたよ。岩戸予報官のリクエストだから、最優先事項扱いだったんでしょう」

本気とも冗談ともつかない尾崎の言葉を無視し、正美は送られてきたファイルを開き、指揮車内のスピーカーへと繋《つな》ぐ。

再生はすぐに始まった。まったくの無音だ。かすかに聞こえるのは風の音くらいか。再生を始めてから五秒、わずかに異音を聞いた。

「いまのところ、音、上げられる?」

「はい」

風音がやや大きくなる。五秒後、乾いた「ターン」という音が耳を打った。

尾崎が「おっ」と声を上げる。

「予報官、これ……」

「銃声だ。間違いない」

ラウゼンゲルンはこれに反応したんだ。

三

新串本町は、紀伊本線沿線の中でも大きく発展している地域で、駅前にはショッピングモールもでき、区画整理によって緑豊かな人気の街となっていた。

しかし、この数日はさすがに駅前の賑《にぎ》わいもなく、列車のダイヤも乱れがちであり、人々の表情もどこか落ち着かなげであった。

冷線の影響による立入禁止区域はすべて解除されたものの、そこここに自衛隊員や警察官が立ち、物々しい雰囲気が街全体を押し包んでいた。

それらをものともせず、傍若無人に押し入ってくるのはマスコミであり、駅前周辺には多くの報道陣がたむろし、ネタを漁《あさ》っている。彼らを警戒し、地元住人たちも駅前周辺を避けている節もあった。

実のところ、完全音響統制に対する反発が少なからずあった。怪獣殲滅のためとはいえ、市民の権利をそこまで制限するのはいかがなものかと、識者たちもこぞって声を上げている。

この十数年、日本国内では大規模な怪獣災害は起こっていない。そのため、国民の怪獣に対する恐怖が薄れ始めていた。警報が出ても避難しない者が増えてきているし、今回の音響統制も和歌山県としては、薄氷を踏む思いだったろう。

怪獣災害が減ったのは、偏《ひとえ》に怪獣省の取り組みが功を奏しているからだ。そんな命がけの苦労も知らず、終了した作戦に対し、後出しじゃんけんのように批判をぶつける。そんなやり方に、正美は少なからず不満を感じていた。

今、正美が立っているのは、ガランとした部屋のまん中だ。広さは小学校の教室ほど。南に面した窓にはすべてカーテンが引かれているため、室内は薄暗い。

ここは高齢者支援を行うＮＰＯ法人が所有しているビルの一室で、いつもは、高齢者向けに携帯の操作方法などを教えたり、健康体操をしたりするためのスペースとして使われている。

しかし、ラウゼンゲルン上陸以降、市民生活が混乱し、ボランティアが集まりにくい状態が続いていた。そのため、一週間、施設を閉めることが決まっていた。

正美はいま、部屋の真ん中に立ち、ある人物を待っていた。

「ずいぶんと、怖い顔をしておられますなぁ」

ドアが開き、しょぼくれた風采の中年男が顔を覗かせた。生え際が後退した卵形の顔は、ひどく老けて見える一方で、どこか幼さを感じさせる。特にキラキラとよく光る目は、一度見たら忘れることができない。

「こんなところまでお呼びたてして、申し訳ない」

「なんのなんの」

男は好奇心に満ちた顔で、殺風景な室内を見渡す。

「ここもしかして、例の怪獣省が運営してるという場所ですか?」

「怪獣省の委託を受けて、NPO法人が運営しています。運営はきっちりやっています」

「もちろんですよ。しかし、本当にあちこちにあるんですなぁ。あなたがたの秘密基地」

頭頂部をペチンと叩いて男は笑った。

「公安の方に言われたくないです。あなたがたの方が、多くを持っているはずです」

「それは買いかぶりと言うものですよ」

船村《ふなむら》は穏やかに微笑んではいるが、目だけは冷たく澄んでいた。

「駅前などではなく、こんな場所をわざわざ指定したのは、マスコミのせいですか」

「ええ。私は面が割れてますから、駅前なんかに出て行ったら、大炎上必至です」

「たしかに。予報官は人気がありますからなぁ」

そんな言い回しも、船村が言うと嫌みがまったく感じられないから、不思議である。昭和のおっさんという枯れた風貌の持ち主だが、そこに不思議な爽やかさを伴っており、何とも憎めない男なのである。

正美は苦笑するに留《とど》め、壁際に押しやられていたパイプ椅子を二脚、向かい合わせにして開いた。

「こんなところで二人きりというのも、落ち着きませんが」

「私も同じです。落ち着いてなんか、いられません」

正美は真顔のまま、用意してきたタブレット端末を渡す。必要な情報だけが、入っている。

指紋認証で端末にアクセスした船村は、深刻な、それでいてどこか楽しそうな顔つきで、ページを繰っていく。

「事前にある程度のことは聞いていましたが……たしかにこれは、興味深い。しかし……」

スクロールする指をピタリと止め、船村は顔を上げた。

「これは、警察の領分のようですなぁ」

「私もそう思いました。それで、すべての情報を怪獣省から警察庁に上げました」

船村は顔を綻ばせ、うなずく。

「それっきり返事がないか、あるいは門前払いを食らった、と」

「後者です。私の聞き間違いだの、データが間違っているだの言われ、三度目に提出したときは、統制官から直々に注意を受けました」

「統制官ですか」

船村はもはや笑ってはいなかった。抜け目のないやり手捜査官が、正美のだした餌に食らいついた瞬間だった。

正美は続ける。

「逆におかしいと思いませんか？　ここまで必死になって否定するということは、逆に何かある——そう勘ぐりたくもなります」

「申し上げますがね、あなたに怪獣なんかを追わせておくのは、もったいない。人間をこそ、追うべきです」

「私は今の仕事に誇りとやり甲斐《がい》を感じています。人間を追うのは、私ではなくあなたです」

今度は船村が苦笑する番だった。

「やれやれ。かないませんなぁ。しかし、あなたのおっしゃる事はいちいちごもっとも。統制官までが乗りだしてきているとなると、これはただ事じゃない」

「こういう事を相談できるのは、あなたしかいないのです。ですから、失礼を顧みず、連絡させていただきました。名刺もいただいていましたし」

「構いませんとも。そのつもりでお渡しした名刺です。しかし、あなたの方こそ、このような捜査に関わっている時間があるのですか？」

「作戦後の四十八時間休暇は終了していますが、有給の消化を求められまして。まだ三日ほど休みが残っています」

「有給の消化ねぇ」

「音響統制を巡って、まだマスコミが騒いでいますから。取材を求められても、張本人が現場にいなければ、受けようがない」

「実にお役所らしい」

「役所ですから」

「しかし……」

船村はひょいと軽いフットワークで立ち上がると、自ら椅子をたたみ、タブレットを正美に差しだした。

「前途は多難ですなぁ。どこから手をつければいいのかなぁ」

「そこは船村さんのご専門でしょう?」

船村ははげ上がった額をペチンと叩いて笑う。

「そう買いかぶられてもねぇ」

おどけながらも、ドアへと向かう足取りはしっかりとしている。彼にはもう道筋が見えているのだ。

「まずは、現場の特定ですかなぁ。あなたが拾った銃声は、どこから来たのか」

四

ガランとした何もない空間に、海風だけが吹き渡る。

旧串本漁港があったこの一帯も、怪獣防災のため埋め立てが進み、海岸線の形もすっかり変わってしまった。漁船の発着場や市場のあった地区に昔日の面影はなく、駅前の新観光スポットとは違い、砂埃《すなぼこり》が舞うだけの虚《むな》しい風景となっていた。

昼でも訪れる者とてない場所に、正美は船村とともに立っていた。

海にそって、数日前に激闘が繰り広げられた殲滅特区が一望できる。

「船村さんは、ここが現場だと?」

砂埃に目を細めつつ、船村は低い声で言う。

「あの夜は音響統制下にあり、外出も禁止。道路各所には自衛官や警官がいた。下手に出歩けば、すぐに見つかるのは無論、銃をぶっ放したりしたら、それこそ、てんやわんやの大騒ぎだ」

「あの夜、そうした通報等は皆無でした」

「そこが気になるんだなぁ。静寂の中で銃声が響いている。どうして誰も耳にしなかったのか」

「なるほど。それで、ここですか」

作戦区域から外れ、住宅街からも遠い。居住者もおらず、当然、警戒のための自衛官、警察官もいない。

船村はよれたスーツの裾を強風にはためかせながら、殺伐とした光景を見渡した。

「ここならば、銃声が鳴ったとしても、耳にした者はいなかったはず。録音データに残った音から、発生地点を特定できれば良かったんだけれど」

「申し訳ありません。録音地点各所のデータをすべて解析したのですが、二十七カ所中、銃声の痕跡が残っていたのは、三カ所だけ。発射場所の絞りこみや使用銃器の特定もできませんでした」

「まあまあ。いつもデータがしっかりと集まるとは限りませんからな。最近は少々、データに寄りかかり過ぎている節があるからねぇ。私も含めて」

「ただ、おおよその発射地点は、ラウゼンゲルン進行方向の北北西。つまり我々の立っている場所も候補の中に入ります」

船村はくたびれた革靴で、コンクリートの表面を踏む。細かな砂や石がジャリッと音をたてる。

「聞こえた銃声は一発だけ。撃った者も、怪獣殲滅作戦が進行中であり、厳重な音響統制下にあったことは承知していたでしょう。その中で銃を撃った。いや、撃たざるを得なかったんでしょうな。そう考えると、自ずと標的は何か絞られてくる」

「人間でしょうか」

「もっとも考えられるのは、それでしょうなぁ。まあ、可能性はほかにもいろいろあるが……」

埋め立て地を経由して、船村の視線は海を挟んだ向こうにある殲滅特区に向けられる。

正美はさきほどから、船村の所作、表情に違和感を覚えていた。上手く言葉にはできないが、何か引っかかる。

船村は既に、正美の数歩先をいっているのではないか。正美の知らない何かを船村は承知していて、それを敢《あ》えて口にしない。

外見は穏やかで、人好きのする無害な中年男性だが、その実、警察庁公安部でその名を知られたエース級の人物である。その気になれば、正美を手玉に取るくらいは朝飯前に違いない。

少し距離を詰めすぎたか。

そんな後悔が胸を過《よぎ》ったとき、船村が額をペシリと叩き、笑った。

「そんな怖い顔、せんでくださいよ。まあ、確かに気になる情報をいくつか持っているのは事実です。ただそれはまだ、確証に至っていない。そんなあやふやな情報をあなたに流すわけにもいかんでしょう。公安といっても、所詮、お役所だ。もうちょっと辛抱、お願いします」

「そのあたりは、承知しているつもりです」

まったく、うかうかと考え事もできやしない。心の内はすべて見透かされてしまう。

「何者かがこの場所で、誰かを射殺したとして、遺体はどうなったと思います?」

船村は埋め立て地全体を手で示しながら、きいてきた。

「遺体を隠すような場所は皆無ですね。木一本、小屋一件ないですから」

「埋めるといっても、下はコンクリだ。ドリルか何かが必要になりますな」

「別の場所に運搬しようとしても、犯行時刻は外出禁止。音響統制下でしたから、車は使えない」

「抱えて移動しようにも、そこここに監視の目があった。遺体をこの一帯から持ちだすのは無理でしょうな」

「となると、まだこの辺りに?」

「実はここに来る前に、一帯の衛星画像を確認しました。放置された遺体のようなものはありませんでしたなぁ」

「さすが公安。仕事が早い」

「早いだけが取り柄でね。となると、犯人に残された選択肢は一つ」

「海……ですか」

「ご名答。実はここに来る前に……」

「海上保安庁に圧力をかけ……失礼、依頼して付近の海上を捜索している――」

「かなわないなぁ、予報官には」

「船村さんの実行力には、誰もかないませんよ」

船村の携帯が音をたてた。メッセージが届いたらしい。老眼なのか、携帯を顔から離し、目を三日月のようにして画面を見ている。

「二キロほど北の地点で、遺体が揚がりました。胸を撃ち抜かれているようです」

五

旧漁港から海岸沿いに一キロほど北上したところにある護岸堤防の周辺に、警察車両が赤色灯を点滅させたまま、複数台、停車していた。黄色いテープにより停止線が設けられ、鑑識や地元警察の刑事たちが、忙しく出入りしている。

堤防の縁から海面までは三メートルほど。海には海上保安庁の船が二艇、波にもまれながら停泊している。遺体の引き上げは既に終わっているようで、作業に当たった者たちの姿はない。遺体が置かれている周りにはブルーシートで目隠しがなされ、中の様子を窺《うかが》うことはできなかった。

タクシーを降りた船村は、海風に抗《あらが》うブルーシートに向かって、まっすぐ歩いて行く。それに気づいた制服警官が駆け足で近づいてきた。

「ちょっと、あんた、ここは立入禁止です」

船村は身分証を右手に掲げ、ペラペラのコートをヒラヒラとさせながら、警官の前を横切る。

「警察庁特別捜査室の船村です」

「へ？　警察庁?」

そんな警官の前を、正美も素知らぬ顔で通り過ぎる。

二人が近づくと、強面の男性二人が、ブルーシートの縁を持ち上げ、正美たちを中に入れてくれた。灰色のコンクリートの上に、男の遺体が寝かされていた。その周りには鑑識課員が数名と、背広姿のごつい男が四名、険しい表情でしゃがみこんでいた。

一人が顔を上げ、正美たちに気づく。目で合図を送りつつ、四人は同時に立ち上がった。

船村はいつものように笑いながら、頭を深く下げた。

「警察庁の船村です。こちらは、怪獣省の岩戸正美第一予報官」

四人は引き締まった表情で、敬礼をした。

「突然、無理を言ってすみませんでした。よく見つけてくれましたねぇ」

船村は遺体の脇に立ち、白蠟《はくろう》のようになった細面の男性を見下ろす。数日、海に浸《つ》かっていたにしては、よい状態だ。目は瞑《つぶ》ったままで、表情は比較的穏やか。顔つきにあまり特徴はなく、背丈は標準。着ているものは量販品のスーツで、ネックレスや指輪、腕時計の類《たぐ》いもなし。地味で目立たない、足取りを探るにはなかなか骨の折れそうな外観であった。

「至近距離から胸を一発」

濡《ぬ》れて皺《しわ》になったスーツの胸ポケットの部分に焼け焦げがあり、その中心に穴が空いている。

船村がしゃがみこみ、遺体のスーツをめくる。弾痕を中心にピンク色になった血痕がワイシャツを染め上げていた。

「射殺後、海に投げ入れたか」

船村は四人の刑事たちを振り返る。

「所持品は何かありましたか」

「いえ。財布、携帯、身元を示すようなものは、何もなしです」

「弾は?」

「貫通しています」

「この海岸線のどこかに、弾が転がっているはず……いや、弾も持ち去ったかもしれないな」

独り言なのか、正美に向かって言っているのか、船村は遠くを見つめるような目で海沿いに広がる堤防を眺めながら、言葉を継いでいた。

刑事の一人が言った。

「一帯の捜索を行います。現在、応援要請中でして……」

「ありがとうございます。犯行現場が特定できれば、それだけ捜査もしやすくなります」

「遺体の身元確認にも全力を挙げています。写真を元に、駅前や宿泊施設を中心に聞きこみを行っておりますので、早晩、判明すると思います」

「そちらも助かります。何か判ったら、すぐに報告してください。よろしくお願いいたします」

船村の丁寧な物言いに、刑事たちは戸惑いを見せながらも、どこかホッとした様子で、ブルーシートの向こうへと歩き去って行った。

船村と並んで海を見ていた正美は、声をひそめてきいた。

「捜索なんて無駄だって思ってるんじゃありませんか?」

額をポリポリと掻《か》きながら、船村は邪気のない笑みを浮かべる。

「判りましたか?　ですが、彼らの面子を潰さぬよう仕事を与えるのも、これで重要なことでしてねぇ」

「つまり、船村さんはもう既に、何か摑《つか》んでいるって事ですね？　そして、地元警察には邪魔をされたくない」

「何も摑んでなどおりませんよ。逆に、下手な先入観は持たん方がいい。彼らに行ってもらったのは、あれこれと横やりを入れられたくないからでねぇ」

船村は濡れたままの遺体にへばりつくようにして、子細を検《あらた》めている。襟足やズボンの裾、ベルトを外し下着の中までチェックする念の入れようだ。

「おやぁ」

船村が声を上げたのは、ズボンの尻ポケットを探っているときだった。

「ポケットに裂け目があってね、そこに何か引っかかっている」

ごそごそと手を動かし、「何か」を引っ張りだそうとしている。

「お手伝いします」

正美は手袋をつけ、濡れた遺体の両肩を支える。磯の香りがツンと鼻をつき、冷たくぶよぶよとしたコンニャクのような感触が記憶に刻まれた。しばらく、食事は喉を通らないかもしれない。

「おっと取れた！」

船村の甲高い声とともに、正美はそっと遺体を元の姿勢に戻す。

船村の手にあったのは、丸まった紙だった。ぐっしょりと濡れていて、触っているだけでも溶けてしまいそうだ。

船村は目を細めつつ、太い指で慎重に紙を開いていく。

「これは……」

黄色味の強い紙に、男性の顔が明るい茶色で印刷されている。その横には一〇〇の数字が描かれている。

「紙幣ですね。シンガポールの一〇〇ドル紙幣ですよ」

「この男性はシンガポール初代大統領、ユソフ・ビン・イサーク」

「公安の人は何でもよく知っているんですね」

「偽札事件なども担当するんでねぇ。紙幣には敏感なんです」

「これ、偽札なんですか?」

「いや、これは本物。それより問題なのは、どうしてこの札が、男のポケットにあったのか」

「シンガポール帰りだったからじゃないですか?」

船村はうなずきつつ、何か思い当たる事があったようだ。遺体を抱き起こすと、やおら、上着を脱がせにかかった。

「ちょっと船村さん、さすがにそこまでやると、鑑識の人に怒られるのでは？」

「こちらとしても、ここまではやりたくないんだけどねぇ、私の勘が当たっていると、もう時間がない」

船村が何に対して焦っているのか、正美にはまったく判らない。ただ、シンガポールについては、一つ、思い当たることがあった。

「シンガポールには二週間前、怪獣が出現していますよね。地底怪獣のロブドングラー。アジア地域ではそれほど珍しい種ではないですけれど、植物を枯死させる霧を吐きます」

「一方で乾燥を嫌う。日本から空輸した人工降雨装置で軍事基地まで誘導、そこで乾燥剤ミサイルを撃ちこみ殲滅、被害は最小限に食い止めた。ニュースで見ましたよ」

「この一ヶ月、地球上で怪獣が出現したのは、シンガポールと日本だけです。その二カ所ともに、この男性がいた。偶然でしょうか」

船村は遺体のワイシャツのボタンを外しながら、言った。

「偶然を信じるようになった時は、潔く引退する。そう決めていてね」

ワイシャツをはだけさせ、遺体の肩を剝《む》きだしにする。青白い肩を晒《さら》しながら、遺体の首がカクカクと人形のように揺れた。

「船村さん、いったい何を……」

どこからだしてきたのか、船村の右手には折りたたみ式のナイフがあった。その切っ先を、ためらうことなく、遺体の左肩に突きたてる。

さすがの正美も「ひゃっ」と声を上げる。

そのとき、ブルーシートがめくり上げられた。振り返った正美の前に立っていたのは、灰色のスーツを着た三人の男たちだ。その先頭にいるのは、えんじ色のネクタイをした角刈りの男で、その顔つきは今まで正美たちの相手をしていた刑事たち以上に厳《いか》つい。一方、その後ろにいる二人は、細身で色白で、一言で形容するなら、もやしのようである。

先頭の男が低い声で言った。

「その手を止めろ。死体損壊で告訴するぞ」

船村はナイフを引き抜くと、遺体の傷口にふわりとハンカチをかける。

「見ず知らずの人間から、告訴すると脅されてもなぁ。あんたらの欲しいのは、これかい？」

船村の指先には、極小のマイクロチップがあった。海風で今にも飛んでいきそうだ。もやしの二人が慌てて駆け寄ろうとするのを、先頭の角刈りが止める。

「警察庁特別捜査室の船村さんだな？　お隣の方は、怪獣省の岩戸正美第一予報官」

「早々に身元がバレたか。これは参った」

船村が派手に腕を動かすたび、マイクロチップが飛びそうになる。

「船村さん、くだらない駆け引きはなしだ。そのチップをお渡しいただきたい」

角刈りは高圧的な態度で、手を差しだした。正美が言った。

「人が見つけたものを寄越せと言うのなら、せめて名乗るのが礼儀ではありませんか？」

「礼儀を語るのなら、怪獣省の予報官がなぜ、このような場所にいるのです？　礼儀をわきまえていないのは、あなたの方ではないか？　怪獣相手ならともかく、犯罪現場であなたにとやかく言われる筋合いはない」

腹に据えかねる物言いであったが、実際にその通りであるから言い返す事もできない。

角刈りはそんな正美に対し、ふんと小さく笑う。

「まあしかし、先日の怪獣殲滅はお見事でした。県を守る者として礼を言いたい」

角刈りはポケットから、警察の身分証をだした。

「和歌山県警刑事部長の嵐山《あらしやま》だ。これで満足かな？　では、船村さん、あなたの指にあるものをお渡しいただこう。さあ」

角刈りはさらに船村に迫る。

しかし、当の船村は笑顔のまま、左手でポリポリと頭をかく。

「身元不明遺体の捜査現場に刑事部長が直々にやって来て、人が見つけた証拠品をかすめ取ろうっていうんだからねぇ」

船村は右手をマイクロチップごと握りこんだ。嵐山は顔を赤らめ、鼻息も荒く船村を睨む。暴走寸前の機関車のようだ。

「警察庁のわけの判らん部署の担当者が、刑事部長の命令に逆らうというのか?」

「わけが判ろうが判るまいが、あんたの命令に従わねばならない道理はないね。さあ、そこをどいてくれないか。このチップを持ち帰って分析しないと」

「それはこちらでやる。渡せ」

「えらく頑なだなぁ。何かこっちに調べられては困ることでも?」

「部外者には関係のないことだ」

船村の目が、不気味な光を帯びた。

「我々を部外者と呼ぶのであれば、あなたの後ろにいる二人は何者なんだ?」

「俺の部下だ。そんなことより……」

「あんたの部下のはずがない。だって彼らは、厚生労働省の役人だろう?　どう逆立ちしたって、警察官の部下になんてなれるわけがない」

嵐山の顔色が変わった。

「あんた、どうしてそれを?」

「ほうら、図星だった。こいつはますます面妖だ」

後ろの二人はいよいよ不安げな様子で、互いに顔を見合わせている。

船村は三人の狼狽《ろうばい》ぶりを見て気が済んだのか、いつもの穏やかな様子に戻り語り始めた。

「この遺体のポケットから、シンガポールの紙幣が見つかった。シンガポールといえば、地底怪獣の襲撃を受けたばかり。彼はその地を訪問していた可能性がある。そして今回。怪獣の出るところに、この男あり。こいつは臭う。で、何年か前に聞いた話を思いだした。世間一般の常識では、怪獣が出たらまず逃げる。なるべくヤツらから遠く離れる。これが鉄則だ。しかし中には、怪獣に向かって飛びこんでいくヤツらもいる。マスコミ連中のほかにも、怪獣画像をサイトに載せて金を稼ぐ怪獣チェイサーなんてのもいるらしい」

嵐山が船村を睨みつけながら、唸るように言った。

「さっさと結論を言え」

「この遺体の主は、細胞ハンターだろう？　製薬会社に雇われて、怪獣の細胞ばかりを狙う」

嵐山が背後の二人を振り返った。

「残念だったな。全部、バレてるらしいや。こうなったら、俺にはどうしようもない。お役御免だ。帰らせてもらう」

せいせいした顔で、嵐山は肩をそびやかしながら、ブルーシートの向こうへと消えていった。厚労省役人のお守りということで、もともと気乗りのしない任務だったのだろう。

残された二人は、唯一の後ろ盾を失い、いよいよ進退窮まった様子だ。

しかし、船村が口にした細胞ハンターとはいったい何なのか。正美も初めて耳にする言葉だった。

一方、船村は、二人に対し容赦なく詰め寄っていく。

「このチップはGPSだよな。世界の何処にいても居場所を把握できるよう、体内に埋めこむって話を聞いたことがあるんだ。ダメ元と思って探したら、見事、的中したよ」

右側の男が携帯を手に、ブルーシートの陰に隠れる。か細い声で、何やらやり取りをしている声が聞こえてきた。

残された一人に船村は笑顔で語りかける。

「さあ、教えてもらおうか。このホトケさんはいったい誰なんだ？　あんた、知ってるんだろう？」

六

厚労省の二人が手配した車が正美たちを案内したのは、なんと怪獣省管轄の殲滅特区司令棟であった。海から丁度一キロの地点に空港の統制塔に似た建屋がある。ビートル機の離着陸など、通常はそこから指示が送られるが、いざ怪獣接近となると、司令部は地下三階に造られたシェルターへと移行される。

車を降り、司令棟を見上げる船村は両腕を広げ、「いやぁ、すごい」を連発している。大げさ過ぎるリアクションが、正美の警戒心をあおる。

「船村さん、殲滅特区は初めてですか？」

「無論ですよ。いやあ、一度、入って見たかったんだなぁ。それにしても広いねぇ。そして何にもない」

「司令部や兵器庫も含め、主立った施設はすべて地下に造られています。怪獣による被害やテロの標的となる可能性を抑えるためです」

「なるほど。それにしても、ほんの数日前、ここで怪獣が一匹、倒されたとは想像もできないねぇ」

それほどに殲滅特区は静かで、何もない場所だった。

エレベータに乗ると、一気に地下五階まで下りた。

正美自身も、殲滅特区に入ることはまれである。ここはあくまで殲滅班の領分であり、予報班の正美にとっては、他人の城なのだ。

司令部より深い五階で下りると、そこは両区画がガラスで仕切られた奇妙な空間だった。ガラスの向こうはさらにガラスと白い壁で細かく区割りされ、それぞれに白衣姿の男女が、ゴーグル、マスク装備でＰＣに向かっている。

照明は強烈で、皆の影をくっきりと浮き立たせている。

「ようこそ、怪獣共同研究ラボへ」

壁だと思っていた正面が音もなく左右に動き、中から白衣を着た女性が歩み出てきた。卵型の顔でややふっくらした印象だが、手足がすらりと長く、まつげの長いやや吊り上がった目からは、冷たくきつい印象を受ける。

「厚生労働省から出向しています、澤尾《さわお》美保《みほ》と申します」

その名前には聞き覚えがあった。

「澤尾さんって、東京大学細胞学研究室の室長なのでは？」

「はい。表向きの肩書きはその通りです。五年ほど前から、厚労省の命を受けまして、こちらのラボの責任者も務めております」

「ほほう」

それまで口を閉じていた船村が、突然、子供のようにはしゃぎだす。

「すごいもんですなぁ。チリ一つ落ちていない。まるで無菌室ですなぁ」

「ええ、普段着で入れるのは、ここだけです。中のラボに立ち入るためには、全身の消毒と防護服の着用が必要となります」

「なんと。しかし、これほどの施設でいったい、何がなされているのでしょうか」

澤尾は軽く顎を引くと、「こちらへ」と開いたままになっている扉の向こうを示した。

部屋の四方にはモニターが埋めこまれ、ドーナツ型のテーブルがある。テーブルにそって椅子が六脚。それぞれの前にはモニターがセットされていた。

「お好きな席にどうぞ。船村捜査官の疑問にお答えします」

澤尾は一番奥の席に腰を下ろし、手にしたリモコンで各モニターを起動させていく。

正美は手前の椅子に腰を下ろしたが、船村は戸口に立ったまま、座ろうとはしなかった。

右側のモニターに世界地図が表示され、無数の赤い光点が、そこここで明滅している。

「赤い点は、細胞ハンターの現在位置を示しています。船村捜査官の見立て通り、彼らは製薬会社と契約、体内にGPSを埋めこみます。位置情報を把握することで、社は彼らを一定のコントロール下に置くことができるわけです。さらに、もしある者が秘境で一人、命を落とした場合でも、この位置情報を追って、遺体、もしくは採取物をいち早く回収することができる」

「待ってください」

正美は言った。

「その細胞ハンターというのは、一体、何者なのですか？」

澤尾は薄く笑う。

「怪獣省の第一予報官であっても、この情報には接していないのですね」

何となく小馬鹿にされている気もするが、この程度で腹を立てていては、予報官など務まらない。

「不勉強なものですから」

「薬草ハンターはご存じですか？」

「それならば、聞いたことがあります。様々な秘境に分け入り、稀少《きしょう》な、あるいは新種の植物を採取する者のことですよね。彼らが採取した植物は製薬会社によって分析され、時には特効薬発見の……」

製薬会社、ＧＰＳ、シンガポールと日本、そして怪獣。それらの事象が、正美の頭の中ですべて結びついた。

「まさか、細胞ハンターって……」

「彼らは各地で怪獣の細胞を集めて回る、ハンターたちなのですよ。そこにいらっしゃる、警察庁の捜査官は、既にご存じのようですけど」

ご指名を受けた船村は「フフ」とくぐもった笑い声を上げる。

「ご存じというか、まあ、予想はしておりました。遺体の主が細胞ハンターであり、その狙いがラウゼンゲルンにあったのではないか」

　正美も続ける。

「ラウゼンゲルンが確認されたのは、都合三回、殲滅に成功したのは今回含め二回だけです。ひょっとして、ラウゼンゲルンの細胞からは、何か有用な成分が検出されているとか？」

　怪獣の生態には、謎が多い。いや、謎だらけと言った方がいい。五十メートル近い巨体をどのように維持し、動かしているのか。内臓器官の働きはどうなっているのか。個体が有する特殊能力、火炎放射やレーザー、超音波などの発生メカニズム――。科学者たちにとってそれは、あまりに魅力的な解明の対象と言えた。

　現在、各国は怪獣科学の分野に巨費をつぎこみ、人材育成と機材の開発を行っている。そしてその先頭を走っているのが、日本だ。

　理由は二つ。一つは、怪獣の発生率の高さだ。研究対象が次々とやってきては、データを提供してくれるのであるから、研究材料には事欠かない。

　二つ目は、殲滅率の高さだ。国際法によって、怪獣の死体は殲滅した場所の国家が有すると決められている。つまり日本は、他国を圧倒する数の怪獣サンプルの所有権を持っている。

　殲滅された怪獣は、即座に各殲滅特区地下にある貯蔵庫に移送され、そこで各分野の精鋭たちによって分析が行われる。そこでは省庁間の垣根は取り払われ、また、官営、民間の区別もない。大学教授であろうが、一般市民であろうが、必要と思われる人材は即座に招聘《しょうへい》され、徹底した管理の元で研究が続けられる。むろん、秘密厳守の誓約を行うことは必須であり、誓約を破れば、長期の禁固刑が待っている。

一方、そうした理想的な研究体制の裏側で、科学者たちのエゴによる権力闘争が繰り返されているのも事実だ。ここ数年は、厚生労働省と怪獣省の争いが熾烈《しれつ》だ。

多岐にわたる怪獣研究の中でも、医療と兵器の二つは、常に最重要研究として不動の地位にいる。それぞれを管轄する二省がつばぜり合いを繰り返すのも、ある意味、当然と言えた。

澤尾は正美の問いを受け、左のモニターをつける。そこにあったのは、かつてオーストラリアに上陸、甚大な被害を残した後、殲滅されたラウゼンゲルンの写真だった。

「岩戸予報官の指摘は、当たっています。数日前まで、ラウゼンゲルンの細胞を有する国は、オーストラリアだけでした。オーストラリアだけが、ラウゼンゲルンの細胞を分析し、研究することができたのです」

船村があきれ顔で口を挟んだ。

「科学の進歩のため、世界が協力して研究に当たる……なんてのは、夢物語なんですかな」

「夢のまた夢です。各国、日本も含めてですが、怪獣研究に関しては徹底した秘密主義を貫いています。実際、この日本において、医療、科学分野で怪獣研究の成果は多数見られます。ただ、その真相は明らかにされない」

「そうか！」

正美は我知らず叫んでいた。

「統制官が父島での殲滅を許可しなかった理由！　ラウゼンゲルンを本土で殲滅したかったんですね。研究施設への移送を速やかにするために」

「素晴らしい。さすがは第一予報官。おっしゃる通りです。厚労省から政府を通し、怪獣省に申し入れを行いました。怪獣省も同意してくれましたよ」

「冷凍状態にした怪獣の細胞は、解凍によって著しく損傷される。確実に細胞保存するためには、より迅速な移送、保存が求められる――」

「その通り。父島では、本土移送までの間に、細胞が傷ついてしまう恐れがあったので」

正美は怒りに震えた。怪獣災害を少しでも減らすため、命がけで事に当たっているというのに、そのような打算で、知らず知らずの内に作戦が歪《ゆが》められていたなんて。

そんな正美に対し、澤尾は冷たく言い放つ。

「オーストラリアの研究によれば、ラウゼンゲルンの細胞には、いくつかの非常に重要な成分が含まれるらしいのです。それは細胞再生の分野に革命をもたらすと言われているものです。厚労省としては、何としても、ラウゼンゲルンを手に入れたかったのです」

「それにしても……」

正美の怒りが収まるはずもない。

「まあまあ」

そんな正美を制したのは、船村だ。

「怪獣に対する見解の違いについては、後ほど、ゆっくりと議論していただくとして、こちらとしては、遺体の身元を教えていただきたいわけでしてね」

澤尾は虚を衝《つ》かれたような表情で、「ふっ」と笑みをもらした。

「これは失礼しました。私としたことが、本来の要件を忘れておりました」

正美に対し、挑戦的な視線を送ることだけは忘れていない。

気に入らない。苛立ちを表情にださないだけで精いっぱいだった。

澤尾の指がしなやかに動き、正面モニターに男性の画像が表示された。髪を七三に分け、生真面目な表情でレンズを見ている。面変わりはしているが、遺体の主に間違いはない。

「木城英二《きじょうえいじ》という細胞ハンターです。業界ではよく知られる存在で、ハンターの中でもトップ5に入ると言われていました」

左モニターの世界地図に煌《きら》めく無数の紅点。これだけのハンターがいる中での、トップ5とは。

船村が言う。

「あなたのお話では、ハンターは主に、製薬会社との契約で動くとか。木城を雇っていたのは、どこなんです?」

「それが、彼はフリーで活動をしていました」

「ほほう。それはよくある事なのですか?」

「いいえ。余程の腕利きでなければ、そんな事は……」

「トップ5ともなると、彼の腕を欲しがる企業はごまんといる。引く手あまたであったわけですなぁ」

澤尾の指が再び動き、正面モニターの画像が切り替わる。ラウゼンゲルン上陸当夜の潮岬殲滅特区の略図だ。ラウゼンゲルンは緑の光点で表示され、上陸から殲滅までの経路が赤い線でトレースされている。

澤尾が冷たい声で続けた。

「怪獣省の殲滅班が解析した、冷線ミサイル着弾による、ラウゼンゲルンの皮膚組織の飛散状況です」

殲滅特区中心部にある緑の光点に向かい、二本の黒い線が延びていく。ミサイルだ。三つの点が一つになったとき、そこから赤い円が外側に向かって広がり始める。

「この円内に破壊されたラウゼンゲルンの細胞が飛び散った可能性があります」

円は思っていたより大きく広がる。しかし、そのほとんどは海の上だ。唯一の例外が、先ほどまで、正美たちがいたあの埋め立て地である。

「細胞の飛散状況は、ほぼ殲滅班の予測通りです。海面に落下したものはひとまず無視するとして、問題は埋め立て地に落下したものです」

正美は言った。

「当然、すぐに、ハンターを採取に差し向けたのでしょうね」

「もちろん。現場一帯は封鎖され、徹底した検証が行われました。残念ながら細胞片等は発見できませんでしたが……」

左のモニター画像が変わり、ひび割れたコンクリートの一部が映しだされた。

「ひび割れの奥から、ラウゼンゲルンの細胞のものと思われるかすかな反応がありました」

じっと上目遣いにモニターを睨んでいた船村が口を開いた。

「そこに細胞が落下し、ひび割れの中にごく微量が入りこんだ」

「おっしゃる通りです。ただ、肝心の細胞片は発見できなかったのです」

「何者かが持ち去ったと？」

「我々はそう考えています」

「何事も最悪の事態を想定せよ、ですか。役所の考えはどこも同じですなぁ」

同意を求めるように、正美に目を向けてくる。事実、正美たちが怪獣と向き合うとき、遵守する行動規範もまさに、これである。

「ラウゼンゲルンへのミサイル着弾は二一時三〇分二一秒です。そちらの捜索班が現地に赴いたのは？」

正美は澤尾に尋ねた。

「二一時四四分。怪獣省通達の音響統制が解除されるまで、我々も動きが取れませんでしたから」

「怪獣の殲滅確認には慎重を要します。通常は半日以上かけて行いますが、今回は音響統制との兼ね合いがあったため、暫定的に殲滅確認を行い、統制を解除したんです。細胞を盗まれたことを、我々のミスであるかのように、言わないでいただきたい」

「細胞の飛散状況についても、しっかりとシミュレーションしたのでしょうか？　着弾位置を少しずらせば、陸地への飛散は避けられたのではないでしょうか」

「怪獣は生き物であり、状況は時々刻々、変化します。あなたのおっしゃるように、こちらの思い通りにはいきません。それに、我々の任務は人命を守り、怪獣を殲滅することです。細胞片のことまで考えてはおられません」

「これだから、壊すことしか能の無い人たちは……」

「いま、何とおっしゃいました？　我々を愚弄するような言動は控えていただきたい。後日、厚労省に対し、正式に抗議を……」

「まあまあ」

船村が割りこんできた。

「そうした省庁間のもめ事は、無能な政治家たちに任せておいて、こちらはぼちぼち、本題に戻りませんかね」

澤尾は自らの言動を恥じるように頬を赤らめ、目を落とした。正美はと言うと、まだまだ怒りの炎は消えていない。このまま何時間でもやり合っていたい気分だった。

そんな怒気を察したのだろう、船村は正美を制しつつ、澤尾と向き合い、話し始めた。

「疑問点はいくつもある。整理しきれないほどだ。まず、木城はなぜ、殺されたのか」

「ラウゼンゲルンの細胞。それ以外にないと思いますが」

「細胞ハンターは武装していたのでしょうか？」

「何らかの武器は携帯していたと思います。国をまたいだ活動には危険が伴います」

「その中のトップ5ともなれば、それなりの備え、技量は持っていて当然か」

「犯人がなぜ銃を使ったのか、をお考えですね？」

「鋭いですなぁ。その通り。音響統制下、しかもまだ怪獣が上陸中の状況で、銃を使うなんてよほどのことだ」

「腕利きのハンター木城と、稀少な細胞を奪い合う。それは、捜査官のおっしゃる『よほどのこと』に入りそうですね」

「犯人は一か八かの賭けに出て、木城を殺害、ラウゼンゲルンの細胞を手に入れた。一応の筋は通りますな。しかし、判らないことはまだまだある」

「例えば?」

「あの夜、あの時間、なぜ木城があの場所にいたのか。木城の雇い主は誰なのか。そして、あなたはなぜ、我々に情報を提供してくれるのか」

船村の目つきが鋭さをまし、全身を包む穏やかな雰囲気が消えていく。代わって、暗く冷たい不穏な空気が彼を包み始める。

正美は船村が持つもう一つの顔を知っている。その顔がいま、姿を現そうとしていた。

一方、澤尾はそんな船村の変化を表情も変えずに受け止める。

張り詰めた睨み合いが続く中、正美は一人、心の内でつぶやいていた。

『やっぱり、怪獣相手の方が楽だわ』

先に表情を緩めたのは、澤尾だった。

「情報提供については、当然のことながら理由があります。恥を忍んで申し上げますが、あなた方に、細胞を取り返していただきたいのです」

「厚労省の中にも、こうした場合に動く捜査部門があると聞いていますが」

「私が言うのも何ですが、当省の捜査部門は優秀とは言い難い。彼らには荷が重すぎるでしょう」

「では正式に、警察庁に捜査依頼を……ああ、それでは面子が保てないわけですか」

「政治家は常に、我々の足を引っ張ります。自身が無能であることに気づいていないから、余計に始末が悪いのです。いま、上層部は会議の真っ最中です。細胞をどうするのか。ハンターに対しどう対処するのか。木城の一件を公表するのか否か。会議が終わる頃には、細胞はとっくに海の向こうです。どうしたものかと頭を抱えていた時、現場にあなた方が現れた」

船村は顔を顰《しか》めながら、指で耳をほじくっている。

「そんなことだろうと、思っていましたよ」

「不躾《ぶしつけ》な願いであることは承知しています。ただ、ラウゼンゲルンはそれだけ価値があるのです。万が一、国外に持ちだされたりすれば、日本の優位性が揺らぎます」

「それはまた、スケールの大きな話だ。しかしながらね、我々が行っているのは殺人事件の捜査でしてね。国や政治には一切、頓着しない。それでもよろしいか」

「構いません。犯人を捕らえることがすなわち、ラウゼンゲルンの細胞を取り戻すことに繋がると考えています」

「やけにすんなり情報をくれると思ったんだ。タダほど怖いものはないですな。さてと、話が済んだのなら、長居は無用。どうもこういう無味乾燥なところは苦手でね。そろそろお暇《いとま》を」

「判りました。今後の連絡先などは、秘書からお伝えします。それから、私は学会のためドイツに参ります。今夜新羽田《しんはねだ》国際空港に向かい、ミュンヘン国際空港行き三〇六便に搭乗予定です。帰国は一週間後になります」

「お忙しいことで」

船村に合わせ、正美も立ち上がる。澤尾を残し部屋を出ると、やはり白衣姿の女性がメモ用紙に記した手書きのアドレスを手渡してきた。

「秘書の金崎《かなさき》と申します。何か判りましたら、このアドレスにご連絡ください」

船村は紙を二つに折りたたむと、上着の内ポケットにしまう。

「ずいぶんと用心深いやり方ですな」

「これが一番、安全だと、澤尾が申しておりまして」

秘書の女性は控えめな笑みとともに、二人を出口まで案内してくれた。

エレベータを降り、まっすぐに延びる通路を進む。

　正美は秘書に話しかけてみた。

「なかなか大変そうなお仕事ですね」

「正直、楽ではありません。澤尾はあの通りの人物ですから」

　正美は深くうなずいて見せる。

「失礼があったら、お許しください。ここのリーダーともなると、一年中、二十四時間、緊張の途切れることがありません。最近では、GPSの装着まで義務化されてしまって、どこに行くにも監視されています。息抜きができないんです」

「それじゃあ、細胞ハンターと変わらないですね。GPSはあなたも?」

　金崎は笑って首を振った。

「私のような下っ端は、そこまでの必要はないみたいです。アクセスできる情報にも制限がありますから」

「良かったら、怪獣省に来ない?　待遇が良いとは言えないけれど、ここよりはたぶんマシよ」

「とんでもない。私などに、とても務まりません。それより岩戸予報官、いつもご活躍は拝見しております。実は私、ファンでして」

　お世辞というわけでもなさそうだ。メガネの奥の目がキラキラ光っている。

照れくさくなり、正美は「いえ」とだけ返事をして会話を打ち切った。

出口は、入口とはまったく別の場所に造られていた。地下の通路は分岐が多く、現在位置を見失ったまま、金崎の案内に従うよりなかった。

エレベータを降り、階段を上り、人の気配もない細い通路を抜けた先に、観音開きの鉄扉がある。それを開けると、大海原が目に飛びこんできた。

周囲には何もなく、ただ一本の舗装道路が延びているだけだ。

金崎は背筋を伸ばしたまま、綺麗《きれい》な礼をする。

「申し訳ありませんが、ここよりは歩いていただくことになります。道の先にゲートがありますが、警備員にお二人の事は伝わっています。そのまま出ていただいてけっこうです」

「判りました」

酷い扱いではあったが、金崎に文句を言っても仕方がない。

正美は強い海風に吹かれながら、船村と並んで歩き始めた。

「何だか、すっかり押し切られてしまいましたね」

幾分の非難をこめて口にした言葉に、船村は子供っぽい笑顔で応えた。

「そうでしょうかなぁ。私にはけっこうな収穫でありましたよ」

負け惜しみなど言うタイプの人間ではない。だがこうなると、正美が何を問うても、答えてはくれぬだろう。ここからは、黙って彼に任せるよりないようだ。

「それで、これからどうするんですか？」

「まずは木城の足取り捜査でしょう。彼がいつシンガポールから日本へ入国し、さらにいつ新串本町に入ったのか」

「それについて、一つ判らないことがあります」

「何でしょうか」

「木城はいつ、ラウゼンゲルン上陸の情報を知ったのでしょうか。ラウゼンゲルンを捕捉したことは、ギリギリまで一般には伏せられていました。それに、標的をここ潮岬に誘導する決定をしたのは、上陸の数時間前です」

「何処かから、情報を得ていた。そう考えるべきでしょうな。そしてそれは犯人も同じだ。銃声はミサイル着弾前に起きている。つまり、木城と犯人は細胞片が飛び散る前に、飛散の予測範囲を把握していた。そして、偶然、同じ場所に居合わせてしまった。これがごくありふれた怪獣の細胞片であれば、仲良く分け合ったところでしょうが、今回は超稀少種だ。独占しなければ意味がない」

「木城は武装していた可能性が高い。一方で犯人は丸腰だった」

「経緯は判りませんが、犯人は木城の銃を奪い、撃った」

「至近距離からの発射ですから、もみ合いにでもなったのでしょうなぁ。まさに紙一重の勝利だった」

「いずれにせよ、彼らがどうやってラウゼンゲルンの情報を知り得たのか。まずは木城からでしょうか」

「例えば、大手の製薬会社であれば、そうした情報をいち早く入手することができる。彼らは独自の輸送手段も持っているから、人一人くらい、短時間で何処にでも運べるでしょう」

船村は満足げに笑う。

「私が足取り捜査と言ったのは、つまりこれです。徹底して洗えば、木城の雇い主が見えてくる」

ようやく道の終点であるゲートが見えてきた。鋼鉄製の門に守衛たちの待機場と、実に物々しい警備ぶりだ。しかし今、門は開いており、守衛たちは皆、待機場の中から胡乱《うろん》な視線を向けてくるだけであった。

門を出ると、今度は一台の覆面パトカーが止まっていた。助手席から現れたのは、角刈りの嵐山だった。

彼に対し、船村は陽気にヒラヒラと手を振った。

「刑事部長をお使い立てして、すみませんなぁ」

「なんの。厚労省のヤツらに一泡吹かせられるのなら、喜んで協力いたしますよ」

正美の知らぬ間に、協定が結ばれていたらしい。

「それで、首尾は？」

「ご依頼通り、地元所轄の刑事たちに、目立たぬよう聞きこみをさせました」

「こうした場合、土地勘があって、住民の顔を見知っている地元警察の方がスムースに事が運びますからな」

「おっしゃる通りでした」

嵐山はそう言うと、クリアファイルに入れた紙を船村に渡す。

「紙が一番安全だと、おっしゃっていましたので」

「感謝します」

押し戴《いただ》くようにして、船村はファイルを受け取った。

「よろしければ、駅前までお送りしましょう」

「助かります」

船村はファイルに目を落としながら、機械的に答えていた。正美も後ろからそっと中を覗き見る。

「船村さん、それ……」

「予報官、どうやら少々遠出をすることになりそうですなぁ」

七

百台は停《と》められるであろう巨大な駐車場を突っきり、ロータリーから正面玄関の前へ。停車すると同時に、三台の大型バンから黒いスーツを着た男女が次々と降り立つ。何も知らされていなかった警備員たちは、ただ呆然《ぼうぜん》として彼らを見つめるだけだ。自動ドアの向こうには吹き抜けのロビーがある。正面には受付、右側には待機用のソファベンチが並び、左手にはスタンディングの商談用スペースもある。朝七時であるというのに、どこも多くの人々で賑わっていた。ほぼ全員がスーツ姿であったが、彼らはドアの向こうから近づいてくる者たちに気づきながらも、自分たちの商談を止めようとはしなかった。

先頭に立ち、警備員を押しのけていくのは、同じく黒いスーツに身を固めた船村である。彼に従う捜査員は合計二十一人。正美はその最後尾にいた。

正面玄関にはシルバーの巨大なプレートが掲げられており、そこには「GROIZER JAPAN」の刻印があった。

ここは、愛媛県新松山《しんまつやま》市にある「グロイザー製薬　日本法人」のオフィスビルである。

米国に本社をおくグロイザー製薬は売上高世界第一位の製薬会社であり、新薬の研究、開発、販売を行い、近年は各種医療製品の販売でも実績を伸ばしている。

グロイザー製薬の日本上陸は古く、一九六〇年代、日本の「枝楠《えぐす》製薬」と合併、「グロイザー枝楠製薬」として長年、親しまれてきた。二〇〇〇年にグロイザーは枝楠製薬を買収、「GROIZER JAPAN」が誕生した。

世界中の製薬会社は、怪獣由来の新薬開発にも積極的であり、数多くのハンターを雇い、合法、非合法問わず、各国から怪獣細胞などを集めてきた。そんな中で、怪獣出現率の高い日本で、確固とした活動基盤を持つグロイザーは、その開発力の高さも相まって、次々と新技術、新薬を発表。今やグロイザーは、世界の政治、経済に直接影響を与えるほどの権力を手にしているのである。

そんなグロイザーであるから、ビジネスの実態は常に深い闇のベールに包まれていた。各国政府、警察機関も、おいそれと手をだすことができない巨大企業――。

『そこにカチコミをかけてるんだからなぁ』

いったいこれから何が起こるのか、正美には想像もできない。

船村が受付カウンターに辿《たど》り着く前に、数人の屈強な警備員が現れ、人の壁を作った。同時に、商談スペースの奥にあるエレベータのドアが開き、白人の男性二人と女性一人が歩み出てきた。

先頭の男性は上背があり、髪は地毛なのか染めているのか光沢を放つシルバーであり、目は日本人以上に黒く深い色だった。GROIZER JAPANの副社長であるジョージ・カーネスだ。社長は日本人の枝楠宏彦《ひろひこ》となっているが、実権はなく、ビジネス全体を取り仕切っているのは、米国本社より派遣されたカーネスである。

右側の男性はカーネスの右腕とされる取締役執行委員のハロルド・ハサウェイ、左側の女性は同じく執行委員のリンダ・ハーディである。

「ミーナサン、オチツイテクダサイ」

片言の日本語で、カーネスが呼びかける。

「アポイントメントモナク、イーキナリ、オシカケテクルトハ、ショショウ、ブレイデハナイデスカ」

カーネスの周りにも警備員たちが集まり、人の壁を作っている。

その威を借ってか、カーネスは胸を張り、大仰な身振りで船村たちに言い放った。

「ニホンノケイサツニ、コノヨウナアツカイヲ、ウケルイワレハナイ。サッサト、カエリタマエ。ドウシテモナカニ、ハイリタイノナラ、レイジョウヲモッテキーナサイ」

船村が肩を揺すりながら、ニヤリと笑う。

「日本で商売しといて、ずいぶん、大きな口を叩くじゃないか」

カーネスに向かって進み始めた船村は右手をスーツの内ポケットに入れる。とたんに左右から警備員が船村に躍りかかった。船村は左手一本で男たちの太い腕を軽くはたくと、素早く足払いをかけた。船村より遙《はる》かに大きな男二人がもんどり打って、床に叩きつけられた。

船村は何事もなかったかのように、カーネスの正面に立つと、ポケットから身分証を取りだした。

「警察庁特別捜査室、正式には警察庁公安部怪獣防災法専任調査部という。私はその筆頭捜査官——」

カーネスの顔色が変わった。

「怪獣防災法……」

「あんた、本当は日本語が達者なんだろう？　舐《な》めた真似するんじゃない」

船村が手を挙げると、背後に控えていた捜査員たちがいっせいに動き始めた。事前にビル内の配置などを頭に入れてきたに違いない。迷いない足取りでエレベータ、階段へと散っていく。

「怪獣防災法に令状なんていらないんだよ。ミスター・カーネス」

背後にいたリンダ・ハーディが携帯を手にその場を離れようとする。船村の鋭い声が飛んだ。

「動くんじゃない！」

彼女は雷にでも打たれたように全身を硬直させ、携帯を取り落とした。

船村はカーネスに向き直る。

「あんたがたには、怪獣細胞の不法採取の容疑がかけられている。ラウゼンゲルン上陸の五時間前、新串本駅前にある『ホテルニューバニラ』にチェックインしたこの男、グロイザーの社員であることは、判っている」

船村はタブレットの画面に嵐山から得た画像を表示し、カーネスに見せた。

フロントにいるサングラスをかけた中年男性が映っていた。

「名前は佐藤太郎《さとうたろう》。住所はデタラメ。かえって判りやすい。アメリカさんのやることは何事も大雑把でよくないねぇ」

「知らない。そんな男は知らない」

「怪獣防災法に抵触した場合、個人情報は保護されない。ホテル側はすべての画像を提出してくれた。空港その他の監視カメラ映像も同じくだ。顔認証にかける際も、一切の許可が免除される。男の自宅から身元まで、すべてバレているんだよ」

画面をスクロールしながら、船村は凄《すご》む。最後に現れた画像は、まさにこのホテルに入っていく男の姿だった。

「男の名前はセルジオ・ゴメス。医薬開発担当セクション第七課の課長だ。ここにいるのは、判っている。連れて来た方が、身のためだぞ」

「そのような脅しには屈しない。我々は外務省を通じて、おまえたちの政府に断固、抗議する」

「やりたければやるがいいさ。そんなことをすれば、怪獣防災法の捜査妨害で逆にあんたらを逮捕する。最高刑になれば一生塀の中だ」

リンダ・ハーディは涙目になって、カーネスに何かを訴えている。それをあっさりと無視し、彼は船村の胸に指を突きつけた。

「大人しく出て行くか、職を失うかのどちらかだ」

船村はその指を摑み、捻《ねじ》り上げた。カーネスの悲鳴が、響き渡る。

「大人しく出て行ってやるよ。セルジオ・ゴメスを差しだしたらな」

「やめてください」

リンダ・ハーディが駆け寄ろうとするが、船村の部下に阻止される。カーネスは脂汗を流しながら、痛みに耐えている。このままでは指が折れるのも時間の問題だ。

「判った、ゴメスを連れて行け」

そう叫んだのは、二人の後ろで気配を消していたハロルド・ハサウェイだった。

「ハロルド、止めろ」

カーネスの怒鳴り声を無視し、彼は携帯に向かって、低く「GO」とつぶやいた。

「ハロルド、こんなことをして……」

「カーネス、申し訳ないが、今回の件は君が計画し実行した事だ。役員の一人として、これ以上の作戦継続を認めることはできない。日本は私たちにとって大切な国だ」

なるほど、これが狙いか。成り行きを見守っていた正美は、ようやく船村の思惑に気づいた。リーダー格の三人が一枚岩ではないと考え、揺さぶりをかけたのだ。計画の破綻を告げ、頑なカーネスを痛めつける。思惑通り、ナンバーツーであるハサウェイが折れた。

このままカーネスとともに泥船に乗り続けるより、さっさと下船し自身への被害を最小限に食い止める。その上で、カーネスが責任を取らされ失脚すれば、副社長の地位はハサウェイに回ってくる。

悪くない算段だ。

役員たちのデスクがある三十階との直通エレベータのドアが開き、両脇を捜査員に押さえられたセルジオ・ゴメスが姿を見せた。色黒で体格はボクサーのように引き締まっている。かなり抵抗したらしく、頬に青あざがあり、口の端も切れて血が滲《にじ》んでいた。彼は恨みをこめた目でカーネスを睨み、引きずられるようにして、正面玄関へと連れられていった。

それを横目で見ていた船村は、ようやく指を離した。カーネスは腫れ上がった指を押さえ、その場にうずくまる。

船村はそんな彼を見下ろしながら言った。

「捜査妨害については、見逃してやる。だが、セルジオ・ゴメスの証言如何《いかん》によっては、また顔を合わせることになるだろう。今度は、公安の取調室でな」

踵《きびす》を返した船村は正美にふっと微笑みかけると、部下を引き連れ、外へと向かった。

八

新たに手配された護送車の中で、正美は船村と向かい合って座っていた。地雷や対戦車ロケット砲の攻撃にも耐えるとされる車両の乗り心地は最悪だった。揺れが酷く、シートも石のように硬い。四人がけのシートが向かい合わせに設置され、壁には手錠を固定するバーがある。向き合って座ると、お互いの膝が触れるほどの窮屈さで、そこに定員一杯の八人が乗っているのだから、息が詰まるのも当然だ。正美が座るのは一番運転席側だが、ドライバーとの間はメッシュ状の金属板で隔てられ、会話すらできない。

正美の隣は捜査員で、その隣にはセルジオ・ゴメスがいる。扉側に座る捜査員は銃を携帯しており、安全装置が外されていることを、正美は確認していた。

「それで、これからどうするんです？」

正美は向かいの船村に尋ねた。

「新松山空港に向かう。ヤツの身柄を東京に移し、徹底的に取り調べるためにね」

「そんな悠長なことをしていて、大丈夫なんですか？」

「こちらであれこれやるより、東京に送った方が早い。それだけの設備が、向こうにはある」

背筋が凍りつくような笑みを浮かべ、船村はうなだれたままのゴメスを見た。

「空港までの道は完全封鎖だ。到着まで十五分とかからないだろう。吐くなら今のうちだ。おまえはなぜ、新串本町にいた？　休暇旅行などと言うんじゃないぞ」

ゴメスは白い歯を見せながら、流暢《りゅうちょう》な日本語で言った。

「休暇旅行さ」

「これだもん」

船村はくしゃりと顔を顰める。

「東京で徹底的にやってやるさ」

「ですが……」

車が大きくバウンドし、舌を噛みそうになった。

車内には電波が入らず、携帯も使えない。現在地が何処なのか、到着したらどうすればよいのか。

「不安そうじゃないか」

　話しかけられていることに気づくまでに、しばし時間が必要だった。まとわりつくような淀んだ視線で、ゴメスがこちらを見ている。

「あんたは公安の人間には見えない。何者かは知らないが、今ならまだ間に合う。車を降りて、自分の住む世界に帰るんだ」

　正美は相手の目を見返しながら、一呼吸置いた。その間に気持ちを落ち着け、戦闘準備を整える。五〇メートルを超える怪獣どもに比べれば、こんな男がなんだというのか。

「どうして、私が車を降りなければならないの？」

「ここにいるヤツらは、もうオシマイだからさ。カーネスを怒らせて、無事に済むはずがない。彼は日本だけでなく、本国にもコネと権力を持っている。もちろん、金もだ。君たちを徹底的に追及し、永遠に許すことはないだろう。世界中の何処にも、居場所がなくなるぞ」

「そんなこと、できるわけがない」

「カーネスを知らないから、そんなことが言えるんだ」

「I'm sorry to break in……」

　船村が言った。

「ゴメス、おまえの言うことはいちいちもっともだ。だが、カーネスはもう少し賢いぞ。ヤツは我々の狙いがグロイザーそのものにあるのではなく、ラウゼンゲルンの細胞にある事に気づいている。木城殺しの捜査は、そのための方便であることも」

車がまた大きくバウンドする。船村はそんな中でも、なめらかに言葉を継いでいった。

「自身のプライドをいたく傷つけられたことにこだわり、我々と事を構えようとするほど、彼は愚かではない。むしろその逆の考え方をするだろう。ラウゼンゲルンの細胞はあきらめる。しかし、我々にも渡さない。すべてを闇に葬り、なかった事にする」

ゴメスはなおも人を苛立たせるニヤニヤ笑いを続けていたが、表情は強ばっていた。

「カーネスはそんな男ではない」

「見上げた忠誠心だ。では、おまえの言う通り、カーネスは怒り心頭に発し、我々を徹底的に追い詰めてやると、あの小綺麗なオフィスでわめき散らしているとしよう。だが、もう一人の方はどうだろうか」

ゴメスの表情はますます強ばっていく。

「ハロルド・ハサウェイ。彼は既に、カーネスを見限っている。ならば、俺がいま言ったような事を考え、既に本社に対し具申しているかもしれない」

「ハロルド・ハサウェイ、ヤツは腰抜けだ」

「腰抜けの方が良い仕事をする場合もある。今がまさにその時だ。では質問。ハサウェイからの報告を受けた本国がまずする事は何か」

ゴメスは答えない。正解は判っている。判っているが答えない。いや、答えたくない。

「すべてを闇に葬る決断をしたとき、もっとも邪魔になる存在とは何か」

ゴメスのお株を奪うニヤニヤ笑いとともに、船村は彼を指さした。

ゴメスの狼狽ぶりは、傍で見ていても気の毒なほどだった。目は泳ぎ、両手は抑えようもなく震えている。

「バカな。彼らがそんなことをするはずがない」

「おまえという存在がなければ、日本政府がどれだけ騒ぎ立てようが、言い逃れはできる。いいか、グロイザーはおまえを消す気だ。おまえだけじゃない。俺たちもまとめて始末する気でいる」

ゴメスは目を見開いた。

「おまえたち、まさか、わざと……」

「どうだいゴメス。ここらで車を降りてみないか？　蜂の巣になるのに何秒かかるかな」

ゴメスは身を乗りだし、船村の膝にすがりついた。

「やめてくれ。助けてくれ」

彼の叫びに合わせるかのように、車体が左右に大きく揺れた。先までの揺れとは明らかに違う。

「船村さん、これって……」

「お出でなすったね」

ゴメスが悲鳴を上げる。車体の左右からガンガンと何かを叩きつけるような音が響いてくる。いったい外で何が起きているのか。

ふいに、ゴメスが腰を浮かせた。憑《つ》かれたような顔で、船村に叫ぶ。

「判ったぞ。これはフェイクだ。俺が狙われているように見せかけて、細胞の在処《ありか》を喋《しゃべ》らせようって腹だろう。そうはいかない。騙《だま》されないぞ」

ゴウッというジェット機が間近を通り過ぎたような轟音が響き、ふわりと体が宙に浮いた。続いて激しい衝撃に襲われ、正美は車体の壁に叩きつけられる。痛みは大してなかったが、揺れが酷く、まともに立っていられない。手錠固定用のバーにしがみつき、揺れに抗う。他の捜査員たちは両手でバーを握りしめ、懸命に耐えていた。激しい衝撃はなおも続き、車体は上下左右にバウンドする。

船村がいない。顔を上げると、目の前に彼の顔があった。

「え!?」

先ほどの衝撃で放り上げられ、船村の膝の上に乗っていた。慌てて下りようとしたが、揺れのせいでそれもできない。

「も、申し訳ありません」

「いえいえ。彼のよりはましだろう」

船村が顎をしゃくると、ゴメスが最後部にある両開きのドアに叩きつけられ、大の字のまま目を白黒させていた。

船村が笑って言った。

「あんたの言う通りなら、どれだけいいかと俺も思うよ。攻撃は覚悟していたが、まさかこれほどとはなぁ」

これほどの状況になりながらも、護送車は速度を緩める様子もなく、走り続けている。

「さて、そろそろ空港かな。岩戸予報官、ここをもうしばらく動かないで。ゲートを通るとき、もう二度ほど、ひどく揺れる。それが収まったら、下りて」

「は、はい……」

正美はただひたすら、己れの無力さを思い知る。

車体が二度、大きく揺れた。一度は縦に、一度は横に。

正美は船村の元を離れようとしたが、車が大きく横滑りを起こし、その衝撃で自然と体が前に投げだされた。今度は向かいに座る屈強な捜査官の膝の上に投げだされる。

「うわっ、ええっと、どうしよう……」

「このバーを摑んで、しばらくそのままに」

捜査官は正美の手を取り、バーを握らせてくれた。絶対的な自信と使命感に溢《あふ》れる精悍《せいかん》な顔つきの青年だった。

護送車が急停車する。その衝撃が収まりきらぬうちに、後部のドアが開いた。眩《まぶ》しい光が差しこんでくる。まず鼻をついたのは、濃い火薬の臭いだった。

ドアの外には、黒スーツの二人がいる。

「敵の侵入は阻止しましたが、狙撃手がいるようです。急いでください」

ゴメスは護送車の床に這《は》いつくばり、涙を流して震えている。

船村が立ち上がりながら、言った。

「岩戸予報官はここに残ってください。ここからの安全は保証できない」

「ここまで付き合わせておいて、何を言うんです。私も行きます」

「ここから必要となるのは、人間の盾だ。狙撃手の位置が判らないため、防ぎようがない。ゴメスを囲んで、専用機まで連れて行くことになる」

「構いません」

正美が銃声の件を船村に相談したところから、すべては始まっている。今さら自分一人逃げることができようか。

船村が手荒くゴメスを引き起こす。

「これが最後のチャンスかもしれん。質問に答えろ。ラウゼンゲルンが上陸した夜、おまえは何処にいた？」

ゴメスは歯の根が合わぬほどに震えながらも、か細い声で言った。

「休暇旅行だ」

「残念だよ。東京の取調室でおまえと向き合うのが楽しみだ」

船村がゴメスを蹴り飛ばした。車を飛びだした彼の体は、ゴロゴロと地面を転がり、土埃にまみれる。

そんな彼の周囲を護送車に乗っていた捜査員たちが円陣を組んで取り囲む。

護送車が止まっているのは、新松山空港の駐機場の前だった。地方空港とはいえ、かなりの広さだ。

船村が三〇〇メートルほど先を指さす。

「あそこにあるのが、東京行きの特別機だ。すぐ傍《そば》まで行ってから停車したかったが、あいつが邪魔でね」

見れば、一メートルほどの高さの鉄柵が、駐機場から滑走路方向に並んでいる。

「侵入防止用の柵だ。あいつは恐ろしく頑丈で、護送車でも突破できない。鉄壁の守りが裏目に出た格好さ」

振り返ると、空港ゲートの向こう、護送車が駆け抜けてきた方角には黒煙がいくつも上がっていた。砲火にさらされたと思しき護送車は、あちこちがへこみ、煤《すす》がこびりついている。出発時は三台の護衛がついていたはずだが、今は姿もない。

犠牲者がどれほど出たのかは判らないが、正美たちの周りで、苛《か》烈《れつ》な戦闘が行われたようだった。

船村とともに、正美も円陣に加わる。総勢八名による肉の盾だ。ゴメスに向ける視線は、自ずと険しいものとなった。

この男のために……。

船村が全員に向けて言った。

「鉄柵は徒歩であれば、間を抜けられる。陣形を崩すな。誰が撃たれても、取り乱すな。目指すのは、特別機手前に停車しているタラップ車だ。あの陰に飛びこめば……」

正美の足元で何かが弾《はじ》けた。

「試射だな。急ぐぞ」

船村が落ち着いた声で言った。

「セルジオ・ゴメス、これでもまだ、グロイザーへの忠誠心は捨てられないか？」

「カーネスは俺を見捨てたりはしない。これはすべてハロルド・ハサウェイの差し金さ。俺が東京に着くころには、すべて元に戻っている。吠《ほ》え面をかくのは、おまえらさ」

盲信か、引くに引けなくなり意地を張っているだけなのか。死の瀬戸際に立たされた男の精神は、もはや破綻寸前に見えた。

ゴメスを輪の中心に置き、船村たちは小走りほどの速度で進んでいく。周囲に遮蔽物はほとんどない。狙撃手が何処に陣取っているかにもよるが、狙いやすい地点は前もって調べているだろう。いつ誰が撃たれてもおかしくない状況だった。

正美の向かいに立つ捜査員が一瞬で消えた。わずかに遅れて、「ターン」という乾いた音が響く。

撃たれたのだ。その間も、船村たちは進んでいく。地面に倒れ、血だまりを作りつつある体は、既に数メートル後ろにある。欠けた一人分は、円を小さくして対応する。中心では、ゴメスのすすり泣きが聞こえた。

正美はかつてない緊張で、胸の下のあたりがぐっと収縮するような感覚にとらわれていた。自分自身が冷静でいるのかどうかすら、もう判らない。今すぐにでも、この死の行軍から離れたい。

車両留めの鉄柵を越え、タラップ車までは五〇メートルほど。

右隣、そして向かいにいる捜査員が無言のまま、地面に倒れた。背中と胸にそれぞれ穴があき、血が噴きだしていた。遺体は釣り上げられた直後の魚のように、痙攣《けいれん》していた。

あと五人。ビシッとゴムが裂断するような音がして、正美の頬に生暖かいものが散った。

左隣の男が、悲鳴を上げながら、もんどり打って倒れる。弾が肩に当たったのだ。被弾箇所を押さえ、捜査員はのたうち回っている。

正美たちは彼を乗り越え、先に進む。

「よし、走れ!」

船村の号令とともに、いっせいに駆けだした。

銃声が三発、背中の遙か向こうから追ってきた。自分が撃たれたのかどうかも判らない。ただ、懸命に腕を振り、タラップ車の陰へと飛びこむ。

全身を手で触って、傷がないことを確かめる。すぐ隣にはゴメスと船村。少し間を置いて、二人の捜査員がしゃがみこんでいた。全員、被弾はしていないようだ。

犠牲をだしながらも、逃げ切った。後はタラップを上がり、特別機に乗りこむだけ……。

間近で銃声が響いた。轟音で一瞬、聴力が奪われる。顔を上げると、一人の捜査員が銃を手にしていた。もう一人の捜査員は胸を撃たれ、既に横たわっている。

銃を持った男は、護送車内で正美に手を貸してくれた、あの精悍な顔つきの青年だった。

彼は陽炎《かげろう》のようにその場に立ち尽くしていた。船村はゴメスを背後に隠し、彼を見上げている。

正美には状況が理解できない。

「ど、どうして……」

男は泣いていた。

「すまない。妻子が人質にとられているんだ。こうしないと、二人は殺される」

銃口を船村に向けた。

「申し訳ありません。船村捜査官」

「謝ることはない」

船村はそうつぶやいて、かすかに右腕を振り上げた。

ヒュッという甲高い声とともに、男の手から銃が落ちる。彼の胸に軍用ナイフが突き立っていた。

男が崩れ落ちるのと同時に、船村は立ち上がる。

「死ぬのはおまえだからな」

「船村さん！」

この場で生きているのは、三人だけとなった。正美は整理がつかず、冷徹な船村の顔と、倒れ伏した青年の頭を交互に見返すことしかできなかった。

「どうして……。何も殺さなくても」

「殺さなければ、こっちが殺された」

「でも、家族が……」

「そんなことは関係ない。それに、彼の家族がまだ生きているという保証もない」

「そんな……」

船村は遺体に近づくと、胸のナイフを抜いた。シュッと血が噴き上がり、船村の右手を濡らす。

その光景を、ゴメスはただ口を開き、呆然と見つめていた。

ナイフを手にしたままの船村が、ゴメスの前に立つ。

「六人死んだ」

ゴメスが泣きながら首を振る。

「こちらも後に引けなくなったが、向こうも同じだ。おまえは何処にいようとも、命を狙われる一生だ」

「た、助けて……」

船村はゴメスの前にしゃがみこみ、血まみれの手で彼の顎を摑んだ。

「また俺に助けてもらおうなんて、思わんことだ」

凄《すさ》まじい形相で船村は彼を睨みつける。

「六人の恨みは忘れんぞ。おまえは米国からも日本からも命を狙われることになる。それとも、いまこの場できさまの喉を裂いてやろうか？」

ゴメスが頭を抱えながら、悲鳴を上げた。

「木城を雇ったのは、俺たちだ。だが、誓って言う、殺したのは俺たちじゃない」

「今さら、そんな都合のいい話を信じろと？　戯《ざ》れ言ばかり並べていると、この場でスナイパーの手土産にしてやるぞ」

「本当だ。そもそも、ラウゼンゲルンの細胞に関して、売りこんできたのは、木城の方からだ。シンガポールから特別回線で電話してきたんだ。俺たちは、そんな怪しい話に乗るなと言った。それをあのカーネスのヤツが……」

「フリーの細胞ハンターごときが、世界的大企業に売りこみか。普通なら、相手にしないところだな」

「そうだ。だが木城はラウゼンゲルンが日本に向かっていること。誘導地点は本土のどこかになるだろうことまで知っていたんだ」

船村が正美に目を走らせる。

木城が得たラウゼンゲルンの情報は、グロイザーからのものではなかった⁉

ゴメスはうなだれたまま続けた。

「カーネスは自社のプライベートジェットを手配し、木城を日本に連れて来た。そして、音響統制が始まる前に、新串本町に送りこんだんだ」

船村が顎をさすりながら、正美に言った。

「これは、どういう事になるのかなぁ」

正美はため息とともに、最も口にしたくない言葉を告げた。

「怪獣省内からの情報漏れが疑われます」

船村もうなずく。

「それしか考えられないわな……」

「グランギラスの時と同じ。まったく……」

ゴメスは膝を折り、船村の靴を舐めんばかりの姿勢で、命乞いをしている。

「知っていることはそれがすべてだ。約束の時間になっても木城が現れないので、我々は新串本町を離れた」

船村がニコリと笑う。

「判ったよ。ご苦労さん」

立ち上がり、携帯に向かって叫んだ。

「作戦終了だ」

倒れていた捜査員二人がむくりと起き上がった。

正美は目の前が暗くなるのを感じた。ダメ、気絶してはダメ……。意思とプライドの力だけで、踏ん張る。悲鳴を上げるのもダメ。

騙された。これは全部、船村の仕組んだこと——。

船村は明るく笑いながら、携帯に呼びかけを続けている。

「みんなご苦労だった。撤収して、家に帰れ。明日は休みだ」

携帯を戻すと、船村はへたりこんでいるゴメスにも笑いかける。

「休みは一日だけ。おまえさんお得意の休暇旅行は無理だな」

ゴメスはその場に崩れ落ちた。白目を剝いて気絶している。

船村は生き返ったばかりの捜査官二人に言った。

「こいつを拘束して、東京に連れて行け。徹底的に取り調べて、カーネスもハサウェイも、あの女性の役員も、全員引っ張れるだけのネタを吐かせろ。グロイザーの屋台骨を揺さぶってやる」

捜査員二人はゴメスを抱え上げると、タラップを登っていく。どうやら、特別機だけは本物だったようだ。

「岩戸予報官、気絶するかと思ったが、さすがだ。見直したよ」

「何も知らない私がいた方が、本物らしく見える。そういう役回りなのでしょう？」

「ご名答。いや、それにしても、大変、失礼なことをしました。申し訳ない」

深々と頭を下げる。

「私に謝っている暇なんてないでしょう。早く、木城殺しの犯人を挙げないと」

「しかし、せめて着替えだけでもされた方が」

服は埃まみれ。汗で全身がべとついている。

「お気遣いは無用です」

「判りました。では、我々も向かうとしましょうか」

船村と正美はタラップを駆けあがった。

特別機が新松山空港を飛び立ったのは、それから五分後のことだった。

九

新羽田国際線ターミナルの「日の丸ラウンジ」には、ミュンヘン国際空港行き三〇六便に搭乗する客たちが、思い思いにくつろいでいた。

飲み物や軽食が並ぶテーブルのさらに奥に、特別ラウンジへのドアがある。船村と正美は、客たちの間を縫い、真っ直ぐ、ドアに向かっていった。二人とも埃まみれであり、着ているものは皺だらけ、船村の黒いスーツには裂け目もできていた。

皆が騒然として見守るなか、船村はノックもせずドアを開いた。

そこは、今二人が通り抜けてきたラウンジ並みに広く、革のソファが等間隔にずらりと並ぶ、摩訶不思議な空間だった。巨大な大理石製の花台に置かれた壺《つぼ》には、食虫植物にしか見えない名前も知らぬ花が生けられている。

そのソファの一つに、澤尾美保が一人座っていた。部屋にいるのは彼女と秘書の金崎だけだ。突然の闖入者《ちんにゅうしゃ》を前にしても、澤尾はいつもの冷徹な仮面をつけたままだった。膝の上に載せたラップトップをテーブルにそっと置くと、腰を上げることもなく、こちらを見上げる。

「いつ、東京に戻られたのですか？」

「特別機に便乗させてもらったのですよ」

船村は澤尾の隣にどっかと腰を下ろす。金崎は困惑顔で、澤尾の指示を待っていた。

澤尾は彼女に向かって小さくうなずくと、船村ではなく、正美に向かって言った。

「これは、どういう事なのかしら？」

「見ての通りです。澤尾室長、木城英二殺害、及びラウゼンゲルン細胞の盗難について、お話をうかがいたい」

「話ならいくらでもしましょう。私はラウゼンゲルンの細胞を取り戻して欲しいと、あなた方に依頼した本人ですから」

船村が足を組み、「ふふん」と鼻を鳴らした。

澤尾は初めて船村に気づいたような様子で、彼の皺だらけの服に目を落とす。

「随分、雰囲気が違うと思っていましたが、いったいどうされたんですか？　せっかくの良いスーツが台無し」

「お褒めの言葉と受け取っておきましょう。先だってお会いしたときは、警察庁特別室の捜査官としてでしたなぁ。今はね、少し立場が違うんだ」

「と言いますと？」

「私、実は警察庁公安部怪獣防災法専任調査部の所属でね」

澤尾の表情がかすかに引きつった。その後ろで金崎が息を呑んでいる。

船村は満足そうにうなずいた。

「その様子だと、怪獣防災法についてはは知っているようだな」

「さすがに驚きました。そうした調査部があると噂に聞いていましたが、まさかあなたとは」

「公安をスパイの手先に使おうなんて、百年早いんですよ。澤尾さん、我々を引きこんだのは、失敗だったねぇ」

「おっしゃっている意味が理解できません」

「木城殺しが思いのほか早く露見したので、あんたは自ら我々を巻きこみ、グロイザーへと誘導したんだ。グロイザーが日本の警察や調査室を相手にするはずがない。あれこれやり合っている隙に、高飛びを決めこもうって腹だったんだろう？」

「言葉が悪いですね。私が渡航するのは、学会のためです」

「日本を出てしまえば、何とでもなるからねぇ。それに、国家的怪獣防衛に関わる厚労省の人間であれば、手荷物検査も限定的だ。ドイツでは、どこかの国のエージェントが待機していて、ラウゼンゲルンの細胞を手渡す手筈なんだろう。その見返りは……金か研究か」

「まったくのでまかせです。何の証拠もない」

正美が進み出て言った。

「木城はラウゼンゲルン上陸時、既に新串本町に入り、しかも細胞片が採取できる地点にいたのです。ラウゼンゲルンの捕捉、誘導地点、時刻等、すべては極秘で行われました。にもかかわらず、彼はすべてを知っていた」

「当然、情報漏れが疑われるわけね」

「その通り。すべての情報にアクセスができ、なおかつ、細胞片を海外に持ちだすことが可能な人物」

「それが、私だと？」

船村が鋭く澤尾を見据える。

「手荒なことはしたくないんだ。細胞を渡してほしい」

「それは無理」

澤尾は涼しげな表情で言い放つ。

「あなたがたは重要な見落としをしている。私のような立場の者が、殲滅特区内で自由に動けるとでも？　厚労省からというだけで、異物として扱われる」

彼女は、細く白い手首を晒した。そこには、無粋な銀色の腕輪がはまっていた。

「ＧＰＳよ。これで常に居場所を監視されているの。ラウゼンゲルン上陸時のデータも見てみるといい。殲滅特区地下のラボから、一歩も出ていないことが判るはず。これ、ミステリーでは何と言うのだったかしら？　そう、アリバイね」

澤尾はテーブル上のラップトップを取り、立ち上がろうとした。それを船村が手で制する。

「岩戸予報官、入室してから何分だ？」

「五分二五秒」

「よし、もういいか」

澤尾が眉を寄せる。口調にも、ありありと怒りが混じっている。

「これは何の真似なんです？　いい加減にしないと……」

「失礼しました。しかし、我々があなたのアリバイを確認もせずに乗りこんでくるはずがないでしょう」

「え？」

「あなたと同様、すべての情報を知る機会があり、身体検査等をパスして海外渡航ができる者がもう一人いる。しかも彼女にはＧＰＳがついていない」

船村の視線の先には、金崎がいた。

「金崎さん、一緒に来ていただきたい。これは勘だが、細胞片は身につけておられるのではないかな」

立ち上がった船村に対し、金崎は不敵な笑みで応えた。

「ホントに余計なことばかりするんだから。もう少しだったのに」

金崎の手が自身の胸元に伸びる。船村も即座に銃を抜く。金崎の手には、ボタンのついた金属製の筒があった。

「隣のラウンジに爆発物を仕掛けておいた。フラググレネードを使ったもので、殺傷力は抜群よ。無線式で、これを押すとピンが抜ける」

「そんな話を信じろと」

船村は銃口を金崎から逸《そ》らさない。

「信じようと信じまいと、あなたは私を逃がすしかない。罪のない人々の命を、天秤《てんびん》にはかけられないでしょう」

「我々がどうして、澤尾さん相手に茶番を演じていたと思う?」

金崎の表情はさらに険しくなった。船村はまた、満足そうにうなずいた。

「ラウンジの客を避難させるためさ。いま、この一帯はもぬけの空。少し耳をすませば判っただろうに。少し前からね、飛行機の離着陸音が聞こえない」

金崎が下唇を噛みしめていた。

「一つきかせてくれ。こんなことをした理由は何だ? 調べさせてもらったが、あんたは他国から送りこまれたスパイというわけじゃない。駐車違反の記録すらない、善良な日本人だ。どうして、こんなことを?」

「お金よ。怪獣細胞についての情報を渡さないかって、接触があったの。こんな秘書いつまでやってても、いいことないし。ちょうどいいかなってね」

「ちょうどいい……か。ラウンジに爆弾をしかけておいて、よく言えたもんだ。だがまだ判らないことがある。グロイザーに情報を漏らしたのは、なぜだ? 自身で回収するつもりなら、わざわざ……」

「その件については、私も判らないのよ」

「何?」

「グロイザーに情報を渡したのは、この研究所にいる私以外の誰か。現場に私以外のハンターがいて焦ったわ。あいつはすぐに私を殺そうとしたけれど、研究所のメンバーだと言って身分証を見せた。私と手を組まないかって。で、あいつが近づいてきたところをシュッて。防犯用の唐辛子スプレーを持ってたの」

金崎は澤尾を見て、蔑むように笑った。

「私みたいな人は、あの施設にいっぱいいるわよ。情報漏れは、絶対に止められない」

澤尾の両手は激しく震えていた。室長として、これは大失態だ。

そんな澤尾に背を向けたまま、船村は言う。

「よく覚えておくよ。それはそれとして、ここはあきらめて、細胞片を渡すんだ」

「これを爆発させれば、おまえたちだって無事では済まない」

「そんなことをして何になる。大人しく投降してくれないか」

「断る」

「……そうか。それじゃあひとまず、俺の言う事を聞いてくれ」

船村は銃を下げ、いつもの人好きのする笑顔を浮かべた。

「俺は怪獣防災法の専門家だ。あんたは防災法に違反している。防災法専門の捜査官には特別の規定があってね」

「特別？」

「捜査官の裁量で、犯人を射殺しても構わんのだよ」

船村の手が上がり、銃弾が発射された。

額を撃ち抜かれた金崎は、花台の花瓶ごと、背後に吹き飛び、正美の視界から消えた。

第三話

江神胡殺人事件

一

バスを降りると、澄んだ空気と美しい野鳥の囀《さえず》りが出迎えてくれた。濃い緑の香りに包まれ、深呼吸をしたい衝動にかられる。

キャスター付きトランクの把手を握りながら、岩戸《いわと》正美《まさみ》は穏やかな景色を無感動に眺める。こういうとき、人はどんな気持ちになるのだったか。

忘れたな。

心の内でつぶやき、トレッキングシューズで未舗装の道を歩きだす。

工神湖《こうじんこ》前という、寂れきったバス停で降りたのは正美一人であり、空になったバスは来た道を戻っていく。運転は一日二本。今のが、事実上の最終バスである。時刻はまだ午後一時丁度。

夏の日はまだまだ長く、深く生い茂る木々の上に、ジリジリと輝いていた。夜明けとともに三二度を記録した気温は、いま三五度を記録していた。この地方としては、まさに「異常気象」である。

「湖」とだけ書かれた手書きの看板を手がかりに、ほとんど踏み跡も消えた細道に足を踏み入れる。雑草や木々で見通しがきかず、いかな正美でも少々、心細くなる。

こんなことなら、尾崎《おざき》を連れて来るんだったかな。

いや、聞くところによれば、彼は先頃、婚約したらしい。短い休暇期間中に出張を命じては、気の利かない上司として、お相手に嫌われてしまう。

ふいに視界が開け、広大な湖が姿を見せた。黒く静謐《せいひつ》な水面《みなも》をたたえた工神湖である。日本最大級と言われる山岳湖であり、緑の中に浮かび上がる神秘的な光景は、感動の二文字などとうに忘れた正美の足も、止めさせるほどだった。

工神湖の「こうじん」は、かつて「荒神」とも「光人」とも書いたと文献には残っている。神秘の湖は信仰の対象ともなり、青森県中部にあるこの一帯は二十年ほど前まで、人の手がほとんど入らず、原始の風景を留《とど》め続けていた。

水温は真夏でも低く、水深もかなりある。山下ろしの風は一年中激しく、朝晩は白波が立つ。泳ぐなどもってのほか。ボートでこぎだすだけでも命がけ、という難所だ。

それでも、日本に残された数少ない大自然となれば、観光地として人を呼べるのではないか。

地元ではそんな議論が、起きては消えを繰り返していた。

その議論が急転直下実を結び、「工神湖」が日本遺産に制定されたのは、二五年前。法整備や遊歩道の設置などを行い、正式に観光地として認可されたのが、二十年前だ。

一九五四年以来、怪獣災害が頻発していた日本は、対怪獣立国を掲げ、国土の「大改造」を行ってきた。怪獣上陸の恐れのある海岸線の居住は禁止、海沿いはすべてコンクリートで固められ、対怪獣兵器が設置された。火山や湖などへの立ち入りも原則禁止。国によって認可された都市部以外は、厳重な監視下に置かれる事となった。

一方で、そうした政策により日本国内の観光地約七割が実質的に消滅。観光産業は大打撃を被った。

交通、ホテル業界などから猛反発を食らった国は、観光地を認可制に移行。国交省に申請があればそれを精査し、「日本遺産」と認定された地域に限り観光を許諾する事とした。

第一弾は京都、第二弾は飛騨高山《ひだたかやま》、第三弾は広島、長崎、といった具合に、「日本遺産」は少しずつではあるが、全国に広がっていった。

青森県の「工神湖」一帯は、第二九弾として認可が下りた。地元は大いに沸き返ったが、「日本遺産」による観光ブームは既に沈静化の方向にあり、観光客の出足は予想を大きく下回った。二十年が経《た》った現在、既に大半の施設は閉鎖、撤去され、かつて信仰の拠点であった湖は再び、過去の姿へと戻りつつあった。

それでも、湖の傍《そば》にたつ「工神ホテル」一軒だけは営業を続けており、工神湖周辺の原生林散策を楽しむ愛好家や、生物学、環境学などの研究を目的にやって来る専門家たちなどによって、今も「日本遺産」としての面目をかろうじて維持している。

ホテルのオーナー二階堂登《にかいどうのぼる》は、旧華族の家柄で資産は数十億にのぼるとも言われる。彼は妻の香葉《かは》とともに、世田谷《せたがや》の自宅で悠々自適の毎日を送っていたが、あるとき、たまたま工神湖を訪れ、湖と森の美しさに打たれた。二人は当時、閉鎖寸前であった工神湖ホテルを買い取った。

ホテルを改築した夫妻は、東京から居を移し、自ら運営を担うようになった。

一帯の自然を守るため、宿泊者は一日十名まで。部屋数は六に減らし、従業員も最低限にしぼるという経営方針になった。当然、赤字になるが、そこは二階堂夫妻の財産から補塡《ほてん》する——。

デコボコ道に苦労しながらも、何とか小高い丘を登り切り、緩やかな下りに入る。前方には、工神ホテルの外観が見えてきた。

景観に配慮した素朴な外観の二階建てホテルは、森の緑になじみつつ、築二十年以上という風格を示していた。

石壁を模したタイルに、鮮紅色の三角屋根。客室の窓はすべて出窓となっていて、それぞれの窓から白いカーテンが覗《のぞ》いている。

午後に入っても雲一つなく、日差しは厳しさを増すばかりだ。正美は先を急いだ。

ホテルの玄関前には五台ほどの駐車スペースがあり、ゆったりとしたロータリーも設けられている。とはいえ、そこに至る道の整備が遅れているため、一台の車も見えず、がらんとした空間が広がっているだけだった。

回転ドアをくぐり、絨毯《じゅうたん》の上にトランクを置く。

ロビーは思っていたよりも広く、明るかった。湖を見渡せる大きな窓とそこに沿って配置された客用のソファ。奥にはカウンターもあり、コーヒーなどが自由に飲めるようになっていた。正面には丸いチェックインカウンターが、その先はエレベータホールになっていた。食堂はホール脇にあるドアの向こうらしい。

配置を確認した後、チェックインカウンターに目を戻す。そこに人はおらず、ポツンとタブレット端末だけが置いてある。手続きはすべて客自身がそれで行うシステムらしい。

一方、窓際のソファには、四十代と思われる男女と、若い男性がいた。三人はコーヒーカップを片手に談笑している。

タブレットを操作し、チェックインを済ませると、部屋番号が示された。正美の部屋は二〇三。東側の角部屋だ。キーは指紋登録で、タブレット画面に指を押しつける事で登録される。

　ここに至るまで、ホテル従業員は一人も顔を見せていない。もともと二階堂夫妻二人できりもりしているホテルであるから、人がいないのは当然なのではあるが、さすがにここまでとなると、少々、不安になる。正美はスリープ状態になったタブレットを見下ろした。

　そんな彼女の気持ちを読み取ったかのように、エレベータのドアが開き、初老の女性が姿を見せた。髪は長く、肌は白い。黒のニットワンピース姿のせいもあり、どこか魔女めいて見える。しかし顔つきは柔和で、シルバーフレームのメガネの奥から、やや灰色がかった瞳が、正美を見つめていた。

「いらっしゃいませ。本日はありがとうございます」

　ホテルの責任者である二階堂香葉だ。

「お世話になります」

　正美は頭を下げる。

「お部屋は二〇三でしたわね。いま、荷物を運ばせますから」

「いえ、このくらい自分で」

　香葉は肩を落としながら、言った。

「申し訳ありません。今は閑散期でして、従業員が揃《そろ》っておりません。行き届かぬところもあるかと思いますが、ご容赦ください」

正美はもう一度頭を下げ、エレベータへと向かった。その間も端々に目を走らせ、一階全体を把握する。食堂へのドアの対面に、スタッフオンリーと札の貼られたドアがあった。その先に従業員用の部屋、厨房《ちゅうぼう》、二階へと上がる階段などがあると思われる。

一台しかないエレベータは狭く、人だけなら三人、荷物があれば、二人が限度だろう。

二階のエレベータホール正面には巨大な油彩画がかかっていた。工神湖を描いたものだろう。黄色く輝く太陽、濃い緑、深く暗い色をたたえた湖の対照が鮮やかで、思わず足を止めて見入ってしまう。誰が描いたのかは不明だが、工神湖を愛し、理解していた者が描いたに違いない。

深いブルーの壁紙に、ロビーと同じワインレッドのカーペット、柔らかな照明と落ち着いた内装に、自然と心が緩む。

エレベータのドアがゆっくりと閉まるのに合わせ、正美も歩きだした。

左右に廊下がのび、それぞれ三部屋ずつがある。正美にあてがわれた二〇三号室は、廊下を左手に奥まで進んだ右側にある。二〇三号の右隣が二〇二号。二部屋の向かい側には二〇一号室がある。二〇一号はスイートルームのような扱いで、部屋も広い。構造はエレベータを挟んで左右対称なので、エレベータホールを右に進めば、右側に広い二〇四号室。その向かいに二〇五、二〇六号室という配置になる。

二〇三号室のドアノブには四角いセンサーがあり、そこに人差し指を押し当てると、指紋に反応して解錠された。ドアは自動で横にスライドする。

中に入ろうとしたところで。気配を感じ、振り返った。向かいの二〇一号から男が顔をだしていた。これといって特徴のない、中肉中背の男だった。歳《とし》は三十代後半といったところか。

正美と視線が合うと、慌ててドアを閉めてしまった。

男の顔に見覚えはない。訝《いぶか》りつつもドアを閉める。

六室だけのホテルということで、部屋はそれなりの広さがあった。クローゼットに、広々としたバスに豊富なアメニティ、クイーンサイズのベッドが置かれた寝室、書斎用の重厚なデスクが置かれ、ゆったりとくつろげるリビングスペース。全体的に古びた感じは否めないが、シーツなども清潔で、非の打ち所はない。

ベッドに腰を下ろし、正美は思わず苦笑した。

観光ガイドの潜入調査員みたい。

腰を上げ、リビングスペースの大きな窓の前に立つ。工神湖が一望できた。

さて、どこから手をつけようか。

二

「この国に、もはや地底怪獣はいない」

モニターの中で、平田《ひらた》統制官は芝居がかった口調で語り始めた。

「この言葉は知っているな」

「当然です。一九七九年八月、当時の田崎潤《たざきじゅん》首相の言葉です」

「地底怪獣完全殲滅《せんめつ》宣言だ。全世界でこの宣言を行った国はいまだ、日本だけである」

「承知しています」

「この宣言は、日本を対怪獣戦勝国たらしめるものの一つだ」

「承知しています」

「その宣言を、撤回せねばならないとしたら、どうだ？」

「意味が判りかねます」

平田統制官が消え、変わって、東北地方の地図が表示される。

「青森市中央区工神地区」

平田の声に合わせ、地図の一部がクローズアップされていく。青森県の内陸部中央にある湖が画面の中心にきた。

「工神湖だ。山岳湖の中ではかなり大きい」

「この一帯は二十年ほど前、日本遺産に指定されたのでは?」

「その後、数年と経《た》たず、破綻した事も?」

「存じています」

「この近辺でこの半年、怪獣関連の通報が相次いでいるのだ」

正美は首筋の周囲がすっと冷えていくのを感じていた。

「通報について、予報班には報告が入っておりませんが」

「怪獣通報のすべてを、君たちに通達しているわけではない。イタズラや見間違いがほとんどだからな」

「通報の種別を教えていただけますか。知覚ですか? 視認ですか?」

「知覚だ」

「知覚の種別は。振動? 伝聞? 臭気? 接触?」

「振動、および伝聞だ」

「二種以上の知覚通報の場合、索敵班に報告が行き、即座に現地調査が開始されるはずです。索敵班に報告が上がれば、同時に予報班にも……」

平田の声が、かすかに苛立《いらだ》ちの熱を帯びる。

「索敵班は既に動いている。調査も行った。しかし、何も発見できなかったのだ」

「調査方法は衛星による監視でしょうか」

「それ以外に何ができる？　我が国の衛星怪獣監視システムは、世界トップの性能だ。見逃すことなど、あり得ない」

「ならば、事件性なしと判断すれば良いだけです。ただ、これはあくまで私見ですが、同時期、同地域において通報が集中するというのは、ただの偶然とは考えにくい側面もあります。より踏みこんだ調査が必要と感じます」

正美は言葉を切った後、画面の向こうでこちらの様子に目を凝らしているであろう平田に対し、語気を強めながら続けた。

「それよりなぜ、私にその件を報告なさるのか解せません。さらに言えば、どうして、本件のみ、予報班に報告が上がってこなかったのか」

平田はもはや苛立ちを隠そうともしていなかった。彼にしては珍しく、言葉の端に感情が見えていた。

「それについては、これから説明しようとしていたところだ」

普段から宇宙人だの鉄仮面だのと言われている平田を揺さぶる事ができて、正美は満足だった。唇が緩みそうになるのを堪《こら》え、平田の言葉を待つ。

「索敵班の調査官一人が、現地で消息を絶ったのだ」

そんな事ではないかと思っていた。

「しかし統制官はいま、調査は衛星監視によると明言されました。現地調査は行われていないのでは？」

「理由は定かでないが、調査官は独断で、一人、工神湖へと向かった。そして、行方不明となった」

たしかに、由々しき事態ではある。

「その上、調査官が消息を絶った後も、怪獣通報が二件入っている」

「ではなおのこと、追加の調査を行うべきと考えますが」

「そこで、君に連絡したようなわけだ」

「……なるほど」

平田をやりこめ、舞い上がっていた自分を心底、恥じた。彼の真意はここにあったのだ。正美は既に追加調査が必要との私見を述べてしまっている。外堀の一部が埋められた格好だ。

平田はいつもの冷たい口調を取り戻すと、抑揚のほとんどないリズムで言い放った。

「岩戸正美第一予報官、工神湖一帯の現地調査を行ってもらいたい」

「それは本来、索敵班の任務なのでは?」

「彼らの調査はあくまで、最新機器を使ってのデータ収集とその解析だ。工神湖一帯について、既に結果が出ている。追加調査となると、やはり現地調査しかない」

「だからといって、それは予報班の職務ではないと考えますが」

「その通り。しかし君はグランギラス、ラウゼンゲルン出現の際に起こった事件について、独自の判断で動き、事案の解決に一役買っている。また二年前のザムザゲラー事件の際には、怪獣チェイサーを名乗るカメラマンの男性とも接触していた事実もある。そう言えば、彼、名前は何と言ったか、彼は元気かね」

「プライベートに関わる件は、お答えしかねます」

「それは失礼。とにかく、君には独自の嗅覚というか、感覚が備わっている。これは苦言ではなく評価だ。我々は君を高く評価している」

もはや外堀は完全に埋められ、ジリジリと包囲網は狭まりつつあった。

「評価はありがたくお受けしますが、私の職務はあくまで予報官であり、怪獣出現に際しての防衛任務が……」

「度重なる怪獣通報と職員の行方不明事件の解明。これもまた、重要な防衛任務であると思うが」

「怪獣探索は索敵班の任務です。私の任ではありません」

「索敵班の任に余るから、こうして君に頼んでいる——。こう言えば納得してくれるのかな」

頼んでいる……か。あくまで命令ではない形を取りたいわけか。

無論、工神湖の一件を放置できないという思いは、正美も同じだ。だが、索敵班を差し置いて、正美が現地に赴けば、確実に遺恨が残る。かすかなひび割れが、やがて大惨事へと繋《つな》がる事は、歴史が証明しているではないか。

とはいえ、正美に選択の余地が残されていないのは、明白だった。

工神湖の件は、誰かが調べねばならない。怪獣災害からの防衛を考えた場合、各班の縄張りだの面子だのは取るに足らない事でもある。

正美の沈黙を、平田は了解と理解した様子だった。

「明日から三日間、工神湖畔に建つ『工神ホテル』を予約しておいた。現地に赴き、謎の解明に当たってもらいたい」

正美が「了解」と答える前に、通信は切られていた。

ベッドに横になりながら、正美は与えられた乏しい情報を整理する。

行方不明となっているのは、殲滅班調査部の長草春男《ながくさはるお》課長で、家族から既に捜索願が提出されているが、彼が工神湖に向かった事実を確認しているのは怪獣省のみであり、警察等にもその事実はいまだ報告されていないという。

完全な情報隠蔽じゃないの。

残された家族の事を思うと何ともやりきれないが、こと怪獣絡みとなると、私権制限、隠蔽工作も許されるのが、今の日本の実情である。

長草は消息を絶つ前日、三日間の有給休暇を申請、いったん帰宅するも、家族に行き先も告げずすぐに出かけている。それ以降、何の連絡もなく、三日後、管轄区警察署に捜索願が提出された。

その時点で、長草が工神湖に向かっていたことを知る者はいなかったが、長草行方不明の報告を受け、怪獣省内務調査部が即座に行動を開始。彼が上司に対し工神湖現地調査の実施を強く進言していた事、駅の監視カメラ映像に青森方面へと向かう長草の姿が捉えられていた事などから、彼が独断で現地に向かったと断定した。無論、そうした捜査は、刑法、刑事訴訟法、個人情報保護法など様々な法令に違反しているが、怪獣省大臣が緊急と認めた場合には、そちらが優先される事が慣例となっていた。

内務調査部はさらに徹底した聞きこみを行い、長草が工神湖前でバスを降りたことまでは確認した。

正美はいったん起き上がると、廊下に通じるドアに神経を集中させる。先から、ドアの向こうに気配がする。

足音を殺し、ドア前にまで移動すると、大きく息を吸いこみ、勢いよくドアを開いた。

誰もいなかった。廊下にも人影はない。エレベータの動きも確認したが、一階に停止したままだった。

気のせいか……？

神経が過敏になりすぎているのかもしれない。

平田は今までの「実績」を挙げたが、正美自身が単独で探索、捜査を行ったわけではない。

船村《ふなむら》捜査官……。

心細さから、あの人なつっこい丸顔が浮かぶ。連絡するべきだったかな。

しかし、彼の専門はあくまで「怪獣防災法」だ。無関係な事案に駆りだすわけにもいかない。

ドアを閉めると、支給されたタブレット端末を開く。暗号キー、パスワード、耳型認証など煩雑な手続きを経て、平田から送られた資料のウインドウが開く。

長草の足取り捜査に当たっては、バス停で終わっていた。内務調査部としては、当然、工神ホテルへの聞きこみ、工神湖周辺の捜索にまで手を広げたかったはずだが、平田統制官からの待ったがかかったのである。表向きは警察庁との折衝待ちとなっていたが、実のところは、地底怪獣の存在に神経質となっている上層部の腰が引けたためだ。藪《やぶ》をつついてヘビが出る、いや、地底怪獣が出れば、相当に厄介な事態となりかねないからだ。

だからって私に押しつけるな。

出てくるのは、怪獣どころか愚痴ばかりである。

一般観光客を装いつつ、具体的な手がかりは何もない中、長草の足取りを探らねばならない。プロの捜査官であっても、荷が重いであろうに。

じっとしていられなくなり、部屋を出た。

もともと観光地巡りになど、何の興味もない。こんなことをしている暇があるなら、世界各地の怪獣動静の確認でもしていたいところだ。

エレベータを降りると、ロビーでは先の三人がまだソファに座っていた。

正美の携帯が震えた。平田からの機密メールだった。添付されているのは、宿泊者、従業員名簿だった。ハッキングでもして、入手したのだろう。

一人壁際でファイルを開く。

宿泊者は正美を含めて五人。

二〇一号、正美の部屋の向かいに泊まっているのは、木下豊《きのしたゆたか》、三二歳となっている。ドアの隙間からこちらを窺《うかが》っていた男だ。

二〇二号は空いており、二〇四号には、ロビーで見た男女が宿泊している。名前は赤松健三《あかまつけんぞう》、四八歳と赤松月枝《つきえ》、四二歳とあった。

二〇五号は空きで、二〇六号は、やはりロビーで見た若い男、名前は安岡信夫《やすおかのぶお》、二九歳。

勤務先など、もう少し情報が欲しいところだが、宿泊名簿であるからこのくらいで我慢するしかない。

一方、現在ホテルにいる従業員は三名。一人は責任者の二階堂香葉、五一歳であり、もう一人は彼女の夫の二階堂登、五五歳。肩書きは支配人となっているが、要は何でも屋的な位置づけで、掃除、調理などおおよその裏方仕事は彼が一手にこなしているようだ。残る一人は中佐《なかさ》古《こ》伸介《しんすけ》、三〇歳で、外回り全般、つまりは力仕事要員であるらしかったが、派遣業者を通じて雇われているだけで、夜には町にある自宅へと戻ってしまう。

宿泊者は十人以下、食事などの基本的サービス以外はすべてセルフかタブレット管理であるから、三人でも何とか回していけるのだろう。

「そんな隅っこで、どうかされましたか?」

画面から目を上げると、ワイングラスを手にした安岡が立っていた。慌ててタブレットを切り、ごまかしの笑みを浮かべる。

「いえ、ちょっと……」

「突然、失礼しました。あまりに険しい顔をされていらっしゃったので……」

「仕事のトラブルです。せっかくの休暇だったのに、連絡がきてしまって」

「そうでしたか。いや、ボクも似たようなものでしてね。ここへ来て二日になりますが、今朝から携帯の電源は落としてあります。ＰＣも部屋に置いたまま開いていない。でも、そうなったらなったで、どうにも気になって落ち着かない。何とも損な性分です」

物腰柔らかではあるが、よく喋《しゃべ》る男だ。だが決して、不快ではない。

安岡は正美の微妙な表情の変化に気づいたのか、慌てて言葉を継ぐ。

「ああ、こちらばかり喋ってしまって、失礼しました。私、安岡信夫と言います。横浜《よこはま》で保険の営業をやっています」

「岩戸正美、公務員です」

「名刺交換とかは止めておきましょう。せっかくの休暇ですから」

「賛成です」

「よろしければ、あちらで一緒にいかがですか？」

ソファでくつろぐ赤松夫妻の方を示す。

「お邪魔でなければ」

「私もここに来てから知り合ったんです。個人投資家だそうで、なかなか興味深い話が聞けますよ」

渡りに船とばかり、安岡の後に従う。

二人の姿に気づいた赤松夫妻は、品の良い、それでいて明るい笑顔で迎えてくれた。

「どうぞどうぞ。私は赤松健三、こちらは家内の月枝です。あ、グラスを取ってきます」

健三が言いながら立ち上がる。すでに酔いが回っているのか、顔がほんのりと赤い。体格が良く、豪傑といった見た目だが、案外、繊細で人見知りなのかもしれない。正美と目も合わせず、そそくさとワイングラスを取りに行く。こちらが飲むか飲まないかも判らないのに。

妻の月枝はそんな夫の後ろ姿を苦笑しつつ、眺めている。

「申し訳ありません。何しろせっかちで、人の言うこともろくに聞いていないものですから」

夫とは対照的に、彼女は落ち着いた口調で正美を品定めしている。

「岩戸正美と申します。よろしくお願いいたします」

「こちらへは、観光で?」

早速、始まった。正美は黙ってうなずく。

「私どもも、前々から来たいと思っていたものですから。一時期は怪獣災害で旅行もままなりませんでしたけれど、ここ最近はすっかり落ち着いてきましたからね」

「投資をなさっていると、安岡さんからお聞きしました」

「個人でやっているだけですから、大した事はないんです。主人はあれで妙に勘の鋭いところがありましてね。私がデータ解析をして、そこにあの人の『読み』を合わせる。これが不思議と当たるんです」

そんなものなのかと妙に納得させられてしまう。そこへ、健三がグラスを持って戻って来た。

「これをどうぞ。ワインは向こうの窓際に」

テーブルにワインクーラーに入った白ワインのボトルとクロスの上に立てて置かれた赤ワインのボトルがある。

「これは、ホテルのサービスなんですか？」

答えたのは安岡だった。

「そのようですよ。支配人の説明だと、出入りの業者さんが間違って仕入れてしまったので、安く買い取ったんだとか」

「それをタダでふるまうなんて、剛気ですね」

正美は空のワイングラスをもてあそびつつ、それとなく話題を変えた。

「たしか、もう一人、お泊まりの方がいらっしゃると聞きましたけれど」

「二〇一号の人でしょう？」

月枝が天井を目で示しながら言う。

「私たちは昨日来たんだけれど、あの人はもう三日目だそうよ。午前中、そこらへんを散歩した後は、ほとんど部屋に閉じこもってて、何してる人なんだか、まるで判らない」

ちょっと気味が悪い。月枝はそう続けたかったのだろう。

健三もうなずきつつ言った。

「支配人がスパークリングとワインを勧めたときもさ、部屋にボトルを持ってきてくれって」

「まあでも、一人を楽しみたいって人もいますから」

安岡が言った。場の空気を和らげたかったのだろう。赤松夫妻も彼の気持ちを察したらしく、黙ってワインに口をつけた。

それをきっかけに、正美は彼らの前を離れ、ワインの置かれたテーブルに向かう。酒は好きな方だが、今の状況でそれを口にする気にはなれない。白ワインをグラス半分ほどついだ後、窓に沿って進み、湖を眺める。

怪獣通報が寄せられているのは、この一帯に点在する集落からに限られている。いずれも夕刻から深夜、地面の振動を感じたと、獣の咆哮《ほうこう》を聞いたというものの二種類だ。

振動感知の通報時、一帯での地震活動は皆無だった。地表での異変、動植物への被害は一切、報告されていないが、もし地底怪獣が実在し地下を移動しているのであれば、地表に痕跡が現れる事は少ない。局地的な陥没の発生や地下水の噴出などがあれば、特定は容易なのだが……。

過去の通報事例から見ても、振動感知や咆哮等の伝聞は、九九・九％が勘違いとなっている。車の振動や鳥などの鳴き声を怪獣によるものと思いこみ、通報に至ったというわけだ。

今回も通報が重なっているとはいえ、勘違いである可能性は高い。

さらに、怪獣省に身を置き、日夜怪獣と戦っている岩戸正美は、索敵班の能力を信頼している。彼らが実在する地底怪獣を見逃すはずがない。

では、長草課長の失踪は何なのか。彼は工神湖一帯の何かに疑念を抱いた。そこで、上司にも告げず、一人、ここにやって来た。そして消息を絶った。

一連の出来事が、偶然重なって起きたとは、考えにくい。では、すべてを結びつける糸は何かと問われれば、皆目、見当がつかない。

判断を下すには、情報が少なすぎる。

窓外の日差しは猛烈で、空気も乾ききっていた。森の緑も色を失い、葉も乾き半ばしおれている。

湖へと続く細い道に、作業着姿の男性が見えた。巻いたホースを手に、大儀そうにこちらへとやって来る。力仕事専門と書かれていた中佐古に違いない。

外に出るのは億劫《おっくう》だが、従業員の情報も多少は摑《つか》んでおきたい。

正美はワインの残るグラスをさりげなくテーブルの端に置くと、残る三人と目を合わさぬまま、正面玄関を出た。

思っていた通りの熱風が、押し寄せてきた。やはり、東北の高所においてこの気温は、異常と言えた。世界中で気候温暖化が叫ばれているが、人類が排出する二酸化炭素が原因とする説と、怪獣災害及び彼らの特殊能力によるものとする説が、現在は勢力拮抗《きっこう》といった状態だった。真偽は不明のままだが、どちらが正しいにせよ、喫緊に対策が求められていることに変わりはない。

帽子を持ってこなかった事、日焼け止めを塗ってこなかった事、様々な後悔を胸に、正美は乾いた土を踏みしめ、細道を進む。角を曲がったところは、ゴミ置き場と従業員専用の駐車場になっていた。二台分のスペースが確保され、いま止まっているのは、軽トラックが一台である。

中佐古がその脇で、ホースを水道の蛇口に繋いでいる。

「こんにちは」

正美の声に、中佐古は飛び上がった。表情に怯《おび》えの色が浮かんでいる。

「あ、ごめんなさい。驚かしてしまったみたいで」

「い、いえ」

中佐古はなおも慌てた様子で、顔を伏せたまま放りだしてしまったホースを回収している。

「暑いのに大変ですね」

しつこく声をかけてみるが、中佐古の反応は鈍い。あたふたとホースを巻き直すと、それをトラックの荷台に放りこんだ。

「あの、道を間違えたみたいで、湖に出るのはどう行けばいいんですか？」

中佐古はつっけんどんに、来た道の方を指さした。

「そこを戻って、右側の道を行けばいいです。標識もありますから」

「あ、そうなんですね。ごめんなさい、見落としたみたい」

「いいえ。お気をつけて」

正美はわざとらしく見えぬよう、ホテルの外壁を見上げる。

「ここ素敵ですね。一度、泊まってみたかったんです」

「あの、俺、まだ仕事が……」

「中佐古君！」

厳しい声が飛んできた。ゴミ袋が積まれている脇にドアがあり、二階堂香葉が立っていた。険しい視線を中佐古に向けている。

「南側の庭に水やりをお願い。午前中の間に済ませておいてと言ったでしょう」

「すみません」

「それから、遊歩道の街路灯、夏の間は消すように言っておいたでしょう？　散策する人なんていないんだから。電気代だってバカにならないのよ」

「すみません」

「水道の水も、出しっぱなしにしないでね」

「判りました」

逃げるように中佐古はドアの向こうに消えた。

香葉は取り繕うように固い笑みを覗かせた後、今度は探るような視線を正美に向ける。

「お見苦しいところをお目にかけました。ですが、こちらは従業員専用になりますので……」

「ちょっと道を間違えてしまって」

「もう少しすると、多少、涼しくなってきますから、散策はそれからの方が良いかもしれません」

「ありがとうございます。では、そうします。あ、ロビーのワイン、いただきました。爽やかで美味しかったです」

「安く仕入れたものですから。コーヒーやワインは夫の道楽のようなものでしてね。無料で提供するのはどうかと私は思っているんですけれど……あ、ごめんなさい、つい余計なことを。どうぞ、あの、遠慮なくお召し上がりくださいね」

「ありがとうございます。道楽とおっしゃいましたが、すると、ワインなどの仕入れはご主人が?」

「はい。私には一切、口だしさせないんです。あの、申し訳ありませんが、仕事がありますので、私はこれで」

香葉はドアの向こうに姿を消す。

ゆっくりと振り向いたところで、正美は建物の角に向かって声をかける。

「もう出てこられても、いいのでは?」

暑さの中、陽炎のように影が揺らぎ、男が姿を見せた。二〇一号の宿泊客、木下豊である。

強い日差しに目を細めながら、正美と向き合う。

「少し話がしたいんだ。部屋まで来てくれないか」

「女性を誘うにしては、デリカシーに欠ける物言いですね」

「冗談を言ってる余裕はないんだよ。あんたの正体も判っているんだ。怪獣省の岩戸第一予報官」

四

二〇一号は、ちょっとした豪華マンション並みの広さがあった。リビングスペースにはバーカウンターまであり、そこには持ちこんだ赤ワインとスパークリングが置かれていた。スパークリングを冷やしてもいないということは、端《はな》から飲むつもりなどなかったのだ。

木下は大きな窓の前に立ち、日差しに喘《あえ》ぐ木々の様子をぼんやり眺めていた。大きく張り出した枝葉が邪魔をして、眺望はまったくない。

リビングスペースの戸口から、正美は言った。

「これだけ豪華な部屋なのに、肝心の湖が見えないんですね」

「もともとはこちら側の雑木林も整備して、あれこれと造る予定だったそうだ。木を切れば、見事な山並みが一望できるらしい。ゴルフ場や遊園地を造る計画もあったそうだが、バカバカしい話だよ」

「国主導の日本遺産による開発は、頓挫する事例が多いと聞きます。地元にとっては日本遺産ならぬ負の遺産だとか」

「怪獣関連の産業のおかげで、日本は未曾有《みぞう》の好景気だ。分不相応な夢を見る連中が多いんだよ」

「それで、木下さん……ええっと、それが本名かどうかも判りませんが、私に話したいこととは？」

「そんなことより、どうして俺が、あんたの身分を知っていたのか。ききたいのは、そちらじゃないのか？」

「こちらの身分をご承知なのであれば、私がここに来た目的もご存じなのでしょう？　私はこの畑違いの任務をさっさと終わらせて、本来の職務に復帰したいんです。そのために協力してくださるのならば、喜んでお話を聞きますよ」

木下は苦笑しつつ、書斎テーブルの上に名刺を置いた。離れた所から目を走らせると、フリーライターの文字が読めた。

「そんな、ふんわりとした肩書きが通用するほど、今の日本は甘くないと思いますけれど」

「日本だからこその肩書きだよ。この国のマスコミは死んでいる。新聞、テレビ、どれも政府広報のようだ。そのご意向に逆らえば、すぐに――」

木下は自身の首を掻《か》き切る仕草をしてみせる。

「ですが、ＰＣもカメラも見当たらないようですけれど？」

デスクの上にも、サイドテーブルにも、それらしいものは見当たらない。

「最近は携帯一つあれば、何とでもなる。あとは、これかな」

ポケットから表紙のすり切れたメモ用紙をだした。

「ここに自分で決めた符丁を使って情報を書きこむ。誰かに奪われても、何のことだか判らない。アナログだが、こいつが一番、信用できる」

「なるほど」

木下はメモ帳をしまいながら、続けた。

「この国は怪獣討伐に浮かれすぎている。今に足元をすくわれ、大変なことになる」

「怪獣討伐に携わる者として、異議を唱えるべきなのでしょうが、マスコミなどを取り巻く状況については、概《おおむ》ね、同意します」

「おやおや。怪獣省の予報官ともあろう方が、そんな事を言っていいのかな?」

「怪獣省は、他の省庁ほど硬直してはおりません。予報官の失言程度で騒いだりはしません」

木下は唾でも吐くように顔を歪《ゆが》め、軽蔑を含んだ目で正美を見据えた。

「そんな怪獣省が、地底怪獣存在の可能性にアタフタしている。長草課長の失踪を表沙汰にせず、秘密裏にあなたを捜査に当たらせている。硬直していない、が聞いてあきれる」

自称フリーライターのこの男、極秘とされる情報をかなりの深度で摑んでいる。

正美は言った。

「あなたの情報源は、長草課長ね」

木下は軽く舌打ちをして、目を逸《そ》らした。

「俺としたことが、調子に乗せられ喋り過ぎた。さすが、岩戸予報官だ」

「あなたと長草課長の関係を、まず聞かせてもらいたいわ」

「関係も何も、長草課長は広報業務が長かっただろう？　俺は毎朝《まいちょう》新聞で記者をやってたんだ。怪獣省担当。かわいがってもらってね」

「長草課長は、物静かで目立たないけれど、かなりの切れ者で通っていたと聞きます。あなたを買っていたのかもしれませんね」

「毎朝を辞めて、フリーになってからは、お互い連絡もとらなくなった。フリーがウロウロしてたんじゃ、課長の迷惑になると思ってね」

「毎朝を辞めたのはなぜ？　斜陽の新聞業界だけれど、一応は最大手でしょう？」

「政権の提灯《ちょうちん》記事ばかり書いてるクズどもだ。こっちが命がけでとってきたネタを、何度も潰された。なら、フリーになって、ネットを中心にゲリラ的に仕掛けてみたくもなるでしょうが」

「あなたのそういう所を、課長は買っていたのかも」

「本人に会って問いただしたいところだけれど、行方不明じゃ、どうにもならない」

「それで？　課長からコンタクトはあったの？」

「それについては、ノーコメントとしたい」

「何それ。私を部屋まで呼びつけておいて」

「実は、別件で伝えたい情報がある」

そんな事だろうとは思っていたが……。木下の誘いに乗ったことは、吉か凶か。正美自身にも見通しがつかなくなってきていた。

「見返りは？」

「長草課長の件についての情報共有」

「何言ってるの。あなたは、私の正体を既に知っていた。長草課長から情報を貰《もら》っていたんでしょう？」

「それについては、認めよう。彼が行方不明になる前、俺に連絡があり、地底怪獣の件で工神湖に行くことを伝えられた。もし自分の身に何かあったら、俺に調査を継続して欲しいとも。その際、怪獣省の、おそらく『予報班』から、秘密裏に調査員が送りこまれてくるはずだから、協力して事に当たってくれ、とも。調査員の最有力候補があんただった。写真付きで経歴が送られてきた」

長草課長、カミソリ並みの切れ味ね。それほどの人材が、索敵班の広報業務に埋もれていたなんて。

切れすぎても、疎まれる……か。

「それだけ聞ければ十分。条件は飲むわ。そちらの情報とやらを聞かせてくれる？」

正美はカウンターに置かれたボトルに、ちらりと目を向けた。

「飲みたいのなら、どうぞ。俺は禁酒しているから」

「仕事中は飲まないので、やめておく。すべてが解決したら、祝杯といきたいですね」

「いいな」

木下はどこか虚《うつ》ろな笑みを浮かべた。祝杯をあげる時など、永遠に来ない。彼には薄々、判っているのだろう。

そんな思いを振り払うかのように、木下はバーカウンター脇の冷蔵庫を開く。中から取りだしたのは、アイスコーヒーの入ったピッチャーだ。

「酒は飲まないが、カフェインは欲しい。さっき持ってきてもらったんだ。飲む？」

正美は首を横に振る。

「賢明だ。初対面の人間の部屋で飲み物に口をつけるなんて、自殺行為だもんな。しかしまあ、礼儀としてあんたの分も」

コップ二つにコーヒーを注ぐと、木下は一方の半分ほどを飲み干した。毒味のつもりだろう。

「夏はこいつに限る」

木下はコップを手にしたまま書斎の机まで戻ると、椅子に腰を下ろす。

「工神湖の周囲に広がる雑木林は、工神の森と呼ばれているが、最近、不法投棄の噂《うわさ》がある」

「不法投棄問題は日本中にある。でもそれは、私の管轄じゃない」

「そう先走るなよ。青森県警でも、組織ぐるみの不法投棄がなされている事は把握済みのようだ。ハッピー興業とかいう会社が絡んでいるらしい。もちろん、裏で反社会的組織に繋がっている図式だ」

「そこまで判っているのなら、そのハッピー興業にガサ入れをして証拠を摑み、芋づる式に関係者を挙げればいい。もっとも、組織の中枢には手が届かず、また新しいハッピー興業が生まれ、不法投棄は続く……だけだと思いますが」

「怪獣省に比べ、防衛省、警察庁の弱体化は顕著だからな。そうした綻びが少しずつ可視化されつつある」

「ジャーナリストとして何を憂うのかは、あなたの勝手。私には関係ありません」

木下はムッとした顔つきで口を閉じた。自身の矜持《きょうじ》、モットーを茶化されては、さすがに冷静でいられないようだ。

「この国を悪い方に向かわせている元凶は、君が所属している怪獣省だ。関係ないだなんて言ってられないと思うがね。そのうちに、思い知らせてやるよ。俺が」

「我々がいなければ、あなたが野望を達成する前に、怪獣の餌食になっている」

「それだよ。その思い上がりが……」

言葉を切った木下は、「ああ!」と癇癪《かんしゃく》でも起こしたように叫び、天井を振り仰いだ。

「今は話を戻そう。工神湖畔の森に不法投棄を行っているのは、ハッピー興業で決まりだ。しかし今、妙な噂がささやかれていてね」

「噂？」

「不法投棄に関わった人間が、次々と姿を消しているらしい」

「不法投棄に関わる者の多くが、前科者やホームレスでしょう。彼らは定住所を持たない。姿を消したのは、別の場所に移っただけなのでは？」

「警察も同じように考え、相手にしていない。ただ、消えた人間のほとんどが、この工神湖畔で投棄を行っていた者たちだったとしたら？」

木下がようやく自身のカードを晒《さら》した。

「長草課長があなたに目をつけたのは、そこ？」

「ハッピー興業の元で違法行為を行っている実働部隊はかなりの数に上る。すべてを把握できている者は、警察も含めていないだろう。ただ、俺が調べた限り、行方不明になった者は先月と今月で十二人。うち、八人が工神湖畔での投棄に出かけた直後に、消息を絶っている」

「八人……たしかに多い」

極めて嫌な数字だった。自然と表情が沈みこんでいく。

木下の口元には、してやったりの笑みが浮かんでいた。

「予報官としては、これをどう考える?」

「まだ何か意見を述べる段階ではない。不法投棄の実働部隊の中で、仲間割れが起きただけかもしれない」

「その場合、八名は殺され、湖畔のどこかに埋められている?」

「可能性の一つとしてはあり得る」

「あるいは、森の中で怪獣に襲われ、捕食されたとか」

「それはあり得ない」

「どうして言いきれる?」

「外部から侵入した怪獣を、我々が見逃すはずはない。ならば、あなたが言った怪獣は以前から森に生息していた怪獣ということになる。でも、それはあり得ない」

「この国に、もはや地底怪獣はいない。結局、そこに戻ってくるんだな。しかしあんたは、この言葉を今も信じているのかい?」

「もちろん。索敵班による調査は完璧であったし、その後の殲滅もスムーズに行われた。あの網をかいくぐって生き残った地底怪獣がいたとは思えない」

「地底を通って怪獣が侵入する場合もあるだろう? 極端な話、地球の裏側から日本にやってくるヤツだって……」

「日本の国土は、監視衛星によってカバーされている。振動センサーとサーモグラフィで地下の様子もモニターされている。怪獣が侵入すれば、すぐに反応が出るはずだ」

「出るはず?」

「実際に地底怪獣の侵入警報が発令されたことは、この二十年、一度もない」

「この国に、もはや地底怪獣はいない」

「私はそう確信している」

「長草課長は、どう考えていたんだろうな?」

「彼は索敵班だ。地底怪獣の存在を疑うことは、自身の職務を疑うことだ」

「だから、一人でここに来たんじゃないのか? そして、いなくなった」

正美は長草のことを直接は知らない。しかし木下の話を聞く限り、穏やかな性格の内面に、鋭い感性と大胆な行動力を備えた人物であると推測できた。索敵班などに置いておくのは惜しい。予報班にヘッドハンティングしたいくらいだ。

「長草課長は単独で調査をし、証拠を掴んだ後に、情報を上申するつもりだったのだろう。一刻も早く行方を突き止めないと」

木下は探るような目つきで、正美を見た。

「それで、具体的なプランはあるのか?」

「あったとして、それをあなたに言うとでも？」

「そこまでは期待してないさ。俺は俺の方で、調べを進める。だがもし、長草課長について情報が摑めたら、お互いシェアするっていうのはどうだ」

「その点について異論はない」

「よかった。ああ、それから最後に一つだけ。こちらは手札の一枚を晒したんだ。そちらの一枚も見せてほしいな」

「正直、お見せするような札はまだ手元にないんだけど」

「じゃあ、こちらの質問に答えてくれるだけでいい」

「質問の中身にもよる」

「あんたは地底怪獣の存在を否定した。だが、度重なる怪獣通報があり、複数人の行方不明者が出ているのは事実だ。もしこの状況で、怪獣が存在すると仮定して、いいか、あくまで仮定だぞ、予報官のあんたは、どの怪獣に的をしぼる？」

それは、正美がもっとも恐れていた問いだった。本来ならば、たとえ口が裂けても答えるべきではない。

「――デスリンドン」

そう告げると、正美はリビングに戻り、テーブル上のコップを手に取る。中のアイスコーヒーを一息に飲み干し、音をたててコップをテーブルに戻した。

「これで一蓮托生《いちれんたくしよう》よ」

「信頼の証《あかし》ってことか。これからもよろしく頼むよ」

正美は廊下を進みドアに手をかけた。

振り向くと、木下は窓の外にぼんやりと目をやりながら、大きなあくびをしていた。

「お疲れなんですね?」

「さすがにね」

「では、おやすみなさい」

正美は部屋を出た。

四

自室に戻った正美は、タブレット端末にアクセスし、独自に編纂《へんさん》したファイルを開いた。

正美は常々、自身の得た怪獣に関する情報を、独自の記号でファイルに書き留めていた。全世界で今までに確認された数百種の怪獣が、亜種も含めほぼすべて系統だてて網羅されている。万が一、ハッキング等で情報が流出したとしても、意味をなさない記号であるから、判読はまず不可能だ。

これは、木下の手法と同じである。

正美はこのファイルのことを「怪獣図鑑」と呼んでいる。図鑑の存在を知る者は誰もいない。

正美は画面に並ぶ記号に目を凝らす。

そこに記載されている怪獣の名前はデスリンドン。正美が知る中でも、最悪の部類に属する水陸両棲《りようせい》の肉食怪獣だ。

アジア地域で多く確認され、日本でも過去に数度にわたり、甚大な被害をだした。

デスリンドンは海水、淡水の別なく、水中を移動できる。また、地上での活動も可能であり、両腕の鋭く太い爪で、地底を掘り進む荒技もやってのける。つまり、空以外のすべてのエリアで活動可能という厄介な相手なのだ。また体温が低く、水中にいる場合はサーモグラフィなどにまったく反応しない。活動範囲はさほど広くはなく、ほとんどの時間を水底で動かずに過ごす。ただし数日に一度、捕食のため活動を開始し、そのたびに多くの被害が出る。

日本では一九六三年、六五年と同一個体と思われるデスリンドンによって、九州鹿児島から宮崎にかけての都市が蹂躙《じゆうりん》された。人的被害は数千人に及び、今でも年に一度、追悼の集まりが開かれている。

一九八一年には、別個体が京都南部に出現。索敵の遅れから避難指示が遅れたものの、デスリンドンの心臓が腹部中央にある事は既に解析済みであり、殲滅班によって長さ十メートルの特殊鉄鋼杭《てっこうぐい》を打ちこまれ、人的被害ゼロのまま殲滅に成功している。

この解析に尽力したのが、怪獣学研究者の猪方清治郎《いのがたせいじろう》博士であり、その後もデスリンドンの生態研究を行っていたが、三年ほど前、同じく研究者であった亜矢《あや》夫人とともにフィールドワーク中に行方不明となってしまった。デスリンドンに襲われたとみられている。

猪方博士の研究データは全世界で共有され、特殊鉄鋼杭と発射システム、及びソフトの輸出も開始。デスリンドンに悩まされてきた東南アジアをはじめ、多くの地域で殲滅に成功。今では、さほどの脅威ではなくなりつつあった。現在、デスリンドン用の特殊鉄鋼杭は「イノガタ」と命名されている。

もはや過去の脅威となりつつあるデスリンドン。しかし、工神湖の件を聞いたとき、真っ先に思い浮かんだのは、この怪獣の姿だった。

怪獣通報が本物であったとするなら、この一帯の地形などを考え合わせても、可能性として考えられるのは、デスリンドンだ。工神湖の湖底に潜むことで、衛星による熱探知をかいくぐった恐れはゼロではない。

しかし——。

正美はファイルを閉じる。

湖底にデスリンドンが潜んでいる事なんて、あり得ない。

怪獣省が定期的に行っている「索敵」は熱探知だけではない。振動や地表の変化、植生、地下水の動向、川の水質変化にも目を光らせている。何十年もの間、そうした索敵の網をかいくぐり続ける事など、絶対にあり得ない。

また空腹時のデスリンドンはかなり凶暴だ。過去の事例においても、地上に姿を現し、大暴れしている。工神湖にいるのであれば、間違いなく地上でも目撃され、もっと大きな被害が出て然《しか》るべきだ。

やはり、怪獣は無関係……。

そう結論づけて、さっさと東京に帰るべきだ。そうささやく声が聞こえる。

ここに来る前の正美ならば、そうしていたかもしれない。だが、長草課長の行動はやはり気になる。彼をそこまでの行動に走らせたものは何なのか。

索敵班に頼んで、もっと多くの情報を仕入れてくるべきだった。

索敵班は怪獣について、広範なデータを収集している。デスリンドンについても、様々な情報を持っているに違いない。出発前、班長に電話一本かければ、それらのデータを開示してくれたはずだ。それを躊躇《ためら》ったのは、正美の中にあるごくわずかなライバル心――。

控えめなノックの音で、正美は目覚めた。タブレットを横に置いたまま、眠ってしまったらしい。旅の疲れは思っていた以上だったようだ。慌ててドアに走り、開けた。

立っていたのは、コック服姿の男性である。灰色の前髪が目のあたりまで垂れ、ふわりと蓄えた豊かな髭《ひげ》が、このホテルの雰囲気にマッチしている。

「厨房を担当しています、二階堂登です。お休みのところ、恐れ入ります。夕食のことでお尋ねしたいことがございまして」

香葉とは違い、朴訥《ぼくとつ》ながら温かみのある声だった。

「夕食は、下の食堂でおとりになりますか？　それとも、お部屋に運ぶよう手配しましょうか？」

情報収集のためには、食堂に出向き、ほかの客たちとの交流に努めるべきだった。しかし、下手に喋れば、ボロが出る危険性もあった。何しろ、人間相手の捜査員としてはド素人なのだから。慣れぬ旅で疲れてもいたし、腹も減ってはいない。

すべては明日任せにしよう。

正美は部屋に運んでくれるよう頼んだ。

「判りました」

登は恭しく頭を下げると、音がせぬようゆっくりとドアを閉めた。

窓の外は既に闇が訪れており、ガラス窓に自分の姿が映っている。

湖の周りに広がる黒い森。あそこにはいったい何があるのか。

ワゴンに載った夕食をそのままにして、正美はベッドに横になっていた。まだかすかな眠気が残り、食欲もない。登が自ら運んでくれた食事は、クロッシュも取らずそのままにしていた。時刻は既に午後十時を回っている。ほかの客たちはどうしているのだろう。ロビーに集まって、酒でも飲んでいるのだろうか。

起き上がり、闇に沈む湖畔を見やる。駐車場に赤いブレーキランプが見えた。どうやら中佐古が乗っている軽トラックのようだ。勤務が終わり、自宅に戻るのだろう。トラックはすぐにカーブの向こうに消える。

その後は暗闇と静寂が残るのみだ。

怪獣通報に繋がるような何らかの事象が目の前で起きてくれないものか。そんな不謹慎な期待を抱きつつベッドに戻ろうとしたとき、ガラスが砕け散る激しい音が響いた。

携帯だけを摑み、廊下へと飛び出る。人の気配はない。

音の出所を突き止めようとするが、勝手の判らぬホテル内なので、見当もつかなかった。

やがて、エレベータホールを挟んだ先にある二〇四号室、二〇六号室のドアがそっと開き、宿泊者が顔を覗かせた。まずは二〇六号の安岡、続いて、向かいの二〇四号から赤松健三が姿を見せた。

　安岡が、酒のせいか赤い顔で言った。

「何か凄《すご》い音がしたんですけど……」

　健三はシャツのボタンをはずし、ラフな姿で廊下の真ん中に出る。

「何かが爆発したみたいな音だったぞ」

　その声に合わせ、一階に止まっていたエレベータが上昇を始める。

　ドアが開くのを、身構えて待つ。

　現れたのは、二階堂登だった。

「何事でしょう……」

　登は皆の顔を順番に確認した後、ぽつりと言った。

「あの、木下さんは？」

　木下が姿を見せていないことに、正美も気づいてはいた。あれだけの音がして、様子を見に出て来ないというのは……。

　正美は二〇一号のドアをノックした。

「木下さん？」

　返答はない。

「ぐっすり寝こんでんのかなぁ」

健三が言う。

再度ドアを叩《たた》き、しばらく待つ。返答はなかった。

「明らかに変です。中を確認した方が」

正美の言葉に登は狼狽《うろた》え、助けを求めるかのようにエレベータを見た。香葉の到着を待っているのだろう。

だがエレベータは停止したまま、動く様子はない。正美は言った。

「マスターキーのようなものをお持ちですよね。ドアを開けてください」

「い、いや、でも……」

登はまだ逡巡《しゅんじゅん》している。

「こいつは開けた方がいいよ」

健三が小柄な登を小突くようにして言った。登は気圧《けお》されたのか、小さくうなずくとポケットからスティック型のキーを取りだした。先端を指紋認証パッドに当てると、緑色に光り、ロックが解除される音が響いた。

「俺が行こう」

大柄な健三が先に立ち、ドアを開けた。

「うわっ、何だこりゃ」

健三が叫んだ。その意味が、彼の背後にいた正美にも判った。明かりの消えた室内から、灼熱《しゃくねつ》の空気が漏れてきたからだ。

「エアコンが止まってるみたいだぞ。明かりも消えてる」

「ということは、中には誰もいないってことですかね」

ホッとした様子で、安岡が言った。

「いえ」

正美は空気に混じるかすかな異臭を感じとっていた。

室内が明るくなった。健三が壁のスイッチを押したのだ。短い廊下を進み、右手の寝室を確認する。ベッドに使った痕跡はない。左手の書斎スペースに入った。異常はない。さらに進み、リビングスペースへ。

木下が床に倒れていた。健三が「ひゃっ」と叫び、後ろに飛び退《の》いた。正美は駆けより、首筋に手を当てる。脈は感じられなかった。

うつ伏せのため顔を見ることはできないが、死んでいるのは間違いない。

「近づかない方がいいかと思います。それと、警察に連絡を」

「け、警察って、この人、もしかして死んでるのか？」

正美はうなずいた。廊下では登と安岡が蒼白《そうはく》となってこちらを覗きこんでいた。

「どなたか、早く警察を！」

「で、では私が。こんなことなら、中佐古に残っていてもらえばよかった」

登がフラフラと動きだす。それを見送った後、遺体の様子をざっと確認する。目立った出血や傷はない。死因は今のところ不明だ。首筋に赤黒い跡が認められるので、絞殺の可能性は高い。遺体を仰向けにすればすぐに確認可能だが、それは警察の領分だろう。

正美は今一度、遺体の全身を観察する。

木下の死因が絞殺であるならば、正美たちが部屋に入るきっかけとなった、あのガラスが砕けるような音は何だったのだろう。

部屋の熱気で、額から汗がしたたり落ちる。部屋中のエアコンは停止しており、リモコンは書斎デスクの上に置いてあったことを既に確認済みだ。

ふとバーカウンターに目が留まる。遺体に気を取られ、見逃していた。夕刻、正美がここを訪ねたとき、カウンター上には赤ワインとスパークリング、二本のボトルがあった。それがいま、ワインだけになっている。

カウンターに近づくと、状況が明らかとなった。スパークリングのボトルは粉々に砕け、破片が散乱している。中身のスパークリングもまた、カウンターから床までを濡《ぬ》らし、さらに奥の壁にまで飛び散っていた。

何者かが木下を殺し、スパークリングのボトルを叩き割った……。

いや、それはおかしい。正美たちはボトルが割れる音に驚き、すぐ廊下に飛びだした。その後、木下の姿が見えないという事で、部屋に入ったのだ。犯人がボトルを割ったとすれば、当然、その時、室内にいたはずだ。

なぜ自分たちは犯人と鉢合わせしなかったのだ？　犯人は何処に消えた？

まだ室内に隠れ潜んでいるのか!?

正美は健三に言った。

「安岡さんと二人で、すべての部屋を確認してください。犯人がまだ隠れている可能性があります。それと、残りの人は、二〇一号の前から離れないように。出入口から絶対に目を離してはダメ」

「あのぅ、岩戸さん……」

健三が震える声で言った。

「あんた、公務員って言ってたけど、もしかして警察かい？」

はっとしたが、もう遅い。遺体を前にしながら、これだけ冷徹な振る舞いをすれば、誰でもそう思うだろう。

正美は健三に向かって言う。

「そのようなものです。ただ、私には刑事事件の捜査権はありません。赤松さん、安岡さんと二人で、各部屋の確認、お願いします」

健三は釈然としない様子ながらも、正美の言う事には従った。

遺体の脇に立ち、部屋内の捜索が終わるのを待つ。

木下と言葉を交わしたのは、午後のわずかな時間だけであった。そこから感じたのは一筋縄ではいかない癖のある男ながらも、生粋のジャーナリストであり、少なくとも信用には値する人物であるとの印象だ。長草課長も、そんな木下に信頼を置いていたのだろう。

それがこんな事になるなんて。

心の内でそっと手を合わせつつ、正美は再度しゃがみこみ、周囲に目を配りながら、遺体のポケットを探った。

財布、名刺入れ、携帯電話などがすべてそのまま入っていた。

書斎へと移動し、デスク周りもそれとなく探る。引き出しなどをあさった様子もない。

犯人の目的は木下殺害であり、彼の摑んだ情報などではないという事か……？

「岩戸さん」

健三が戻ってきた。

「一応、全部屋、見て回ったよ。トイレやクローゼットの中も確認したけど、誰もいない」

「ありがとうございます。では、部屋を出て、ここは警察到着まで、封鎖することにします」

「ああ」

健三の表情には不満が見え隠れしている。どこの誰かも判らない正美に仕切られるのが、気に食わないのだろう。

健三たちに続いて廊下を進んだ正美は、玄関ドアのところに、細かな土塊《つちくれ》が落ちている事に気がついた。

慌てて書斎、リビングに取って返す。「おい」と健三が呼びかけてくるのも無視した。各部屋の床を調べるが、土塊はない。

再び玄関前に戻り、土塊を確認する。若干の湿り気を帯びた黒い土だ。

「おいあんた、何してるんだ？　人に出ろって言ったんだから、あんたも出ろよ」

健三に言われ、正美も外に出る。部屋はあらかた調べ尽くしたので、いらぬ波風を立てる必要もない。

部屋の前の廊下には、泊まり客全員が揃っていた。先は顔を見せなかった月枝も、真っ青な顔で、部屋から戻った健三に駆けよっていく。登はエレベータホールに、そして、花台の前にはガウンをまとった香葉がいた。

香葉は正美に目を止めると、冷たい表情のまま近づいてきた。

「ホテルの電話から、警察に連絡を入れました」

「ありがとうございます」

「ずいぶんと、場慣れされているのですね。驚きました」

「差し出がましい事をして申し訳ありません」

「いいえ。逆に感謝しております。当ホテルでこのような事が起きたのは、初めてですから。お客様が亡くなるなんて、何と、恐ろしい」

芝居がかった仕草で、香葉は宿泊客に語りかけた。

「警察到着までは、多少時間がかかるそうです。それまで、下のロビーでお休みください」

登が穏やかに微笑む。

「コーヒーとお茶もご用意いたします」

それを聞いた香葉が、わずかに表情を曇らせた。筋金入りの吝嗇家《りんしょくか》のようだ。大らかな登とは対照的だが、だからこそ上手くいくのかもしれない。

「それはありがた……」

健三がそう言いかけた瞬間、低い地響きとともに、建物が大きく揺れた。エレベータホールの油絵が落ち、照明がすべて消えた。揺れはまだ続いている。正美は床に伏せ、必死で揺れに耐えた。建物全体が大きく軋《きし》み、ガラス窓もビリビリと震えている。

「ゴォォォォ」

遠くで、ライオンの雄叫《おたけ》びのような音がする。

「何だ!?　どうなってる?」

安岡のわめき声と月枝の悲鳴も聞こえる。

非常用電源が作動したのか、まもなく照明が戻り、揺れも少しずつ収まっていった。

正美は携帯をだす。しかしネットには繫がらず、真っ白な画面が表示されただけだった。

「皆さん、お怪我は?」

登に支えられながら、香葉が立ち上がる。

「地震か……大きかったな」

健三もまた月枝を気遣いながら、蒼白の顔で天井を見上げている。安岡は携帯を握りしめたまま、壁を背に座りこんでいた。一同の中でもっとも冷静であったのは、二階堂登だ。エレベータが停止していることを確認した彼は、非常口へ通じるドアを開き、皆に言った。

「とりあえず、一階に移動しましょう」

一階にも揺れの影響は及んでいた。ソファなどの位置が大きく変わっていたほか、ワインボトルやグラスなどがすべて床に落ちて割れている。それでも思っていたほどの被害ではない。壁や天井にヒビなどはないし、窓ガラスもすべて無事だ。見た目より遙《はる》かに堅牢《けんろう》な造りになっているのだろう。

ソファの位置を整えた後、登は急ぎ足で厨房へと向かう。割れ物が多い場所なので、被害は大きいかもしれない。

一同が腰を下ろし、一息ついたところで、健三が言った。

「警察、遅いな」

香葉が電話を入れてから、既に二十分近くが経っている。

正美は携帯を再度、確認する。ネットには相変わらず繋がらない。

突然、玄関の方から、何かを叩きつけるような音が響いてきた。

「な、何だあれ」

安岡の上ずった声に、正美も玄関に目線を移す。頭から血を流し、泥土にまみれた男の顔がそこにあった。

「中佐古君!」

香葉が叫んだ。正美がドアを開けると、中佐古は転がるようにして中に入り、そのまま床に倒れこんだ。洋服は所々が裂け、靴は両方とも履いていない。それでも額の切り傷を除けば、大きな怪我はないようだった。

　登がコップに水を入れて持ってきた。それを何とか自力で飲み干した中佐古は、すがりつくようにして登に言う。

「道に土砂が。トンネルの手前で道がふさがってます」

「何だって⁉」

「運転してたら、地震が来たんで、トンネルの前で止まったんです。そしたら、土砂が押しよせてきて……」

　トラックから飛びだし、這々《ほうほう》の体《てい》で、ここに戻ってきたらしい。

　香葉は青ざめた顔で誰にともなく言った。

「町からの道は一本しかない。そこが崩れたとなると……」

「ここは陸の孤島か。警察もここまでは来られんだろうな……」

　中佐古をソファにかけさせ、香葉が言った。

「陸路は無理でも、ヘリなどを使ってすぐに救助隊はやってくると思います。それまで、少しのご辛抱ですよ」

　次に口を開いたのは月枝だった。

「ほかの場所は大丈夫なのかしら。かなり大きな地震だったでしょう？　震源地とか、どこなのかしら」

情報がないため、誰も答えようがない。重い沈黙が下りた。

月枝は一人興奮し始め、登と香葉に食ってかかった。

「ちょっと、何黙ってるのよ。あなたたち、ここの責任者でしょう。こんな所に閉じこめられて、外と連絡も取れない。こんな事って……」

健三が必死になだめにかかる。

「月枝、落ち着けよ。地震なんだから、しょうがないだろう。すぐに空から救助が来るって言ってんだし」

「どうぞ皆さん、これをお飲みになって。気が落ち着きますよ」

登が一人一人の前にコーヒーの入ったカップを置いていく。深みのある香りに、場の空気がかすかに和む。皆、コーヒーを口に含み、ホッとした表情を見せた。

だが、そんな和んだ空気も、ごくわずかな間しか保たなかった。

きっかけは、コーヒーカップを片付けにきた香葉の一言だ。

「それぞれのお部屋に戻られて、少しお休みになってはいかがですか？　余震の恐れはありますが、建物に被害は少ないようですし」

「そんなのごめんよ！」

月枝が叫んだ。

「だって、この中に殺人犯がいるんでしょ。怖くて一人になんかなれるわけがない」

月枝は半ばパニック状態だった。

「何言ってんだよ。俺が傍についてるじゃないか。一人きりになんかしないよ」

何とかその場を納めようとする健三に怒りの表情で詰め寄る。

「近寄んないでよ。こんなことになるなんて、私は聞いてないから。二、三日、綺麗《きれい》な湖の畔《ほとり》で過ごせるって、そう言うからついて来たの。人殺しに地震とか、冗談じゃない」

「月枝、落ち着け。頼む。すぐに救助が来るから」

「あんたのせいよ。こんなことなら、倍額貰わないと割に合わない」

「黙れ！」

健三の平手打ちが飛び、月枝は倒れた。床に頭を打ち付けたのか、意識を失っている。

正美は彼女に駆けより、そっと抱き起こした。眉間に皺《しわ》を寄せ、苦しげにうめいている。命に別状はなさそうだ。

正美は健三を見上げる。どこにでもいる夫婦者という印象は消え去り、今の健三は獰猛《どうもう》な牛のようだった。

「女、テメエ、いちいちしゃしゃり出てくるんじゃねえ」

「あなた、いったい何者なんです？　ただの旅行者じゃないわね。この女性とはどういう関係なの？」

「そんなこと、おまえに関係ない。それより、おまえこそ……」

正美に詰めよろうとした健三だったが、香葉、登をはじめとする面々の視線に気づき、はたと歩みを止めた。

「そ、そのう、俺は……」

ゴゴゴっとまたかすかに地面が揺れた。一同は慌てて床に伏せる。

「た、助けてくれぇ」

健三を支える糸が切れたようだった。

「俺は兄貴の命令で、この辺を調べに来ただけで……」

「兄貴？　あなたもしかして、ハッピー興業の関係者？」

健三は「お、おう」と正美を睨《にら》みながらうなずく。

「やっぱり、テメエ、警察か」

「この際、そんなことはどうでもいいでしょう。あなたがここに来た目的は、行方不明になった人たちの調査ね？　不法投棄のため森に入り、それきり帰らなかった人たちの」

「お、おう」

　健三はうなずく。

「それはいったい、どういうことなんです？」

　香葉が床を滑るようにして近づいてくる。

「あなた方は一体、何者なんですか？」

　健三はふて腐れた顔で胡座《あぐら》をかき、そっぽを向いてしまった。

　正美は気を失ったままの月枝を安岡に預け、香葉に言った。

「この一年ほど、工神湖の森では不法投棄が行われています。中心にいるのは、ハッピー興業株式会社。恐らく、反社会的組織の隠れ蓑《みの》でしょう。そして、彼はその構成員」

　香葉は無言のまま、健三を見下ろす。その顔には何の感情も浮かんではいない。

　正美は続けた。

「月枝さんは、何も知らず彼と行動をともにしただけと思われます。夫婦を装った方が、正体を隠しやすい。そう入れ知恵されたのかもしれません」

　健三は太々《ふてぶて》しく笑う。

「熊山《くまやま》の兄貴がそう言ってたんだ」

「彼がここに来た目的は、不法投棄に関わった者たちが行方不明になっている件の調査です」

「三ヶ月で八人だぜ。一人、二人消えることはしょっちゅうだが、これだけまとまってとなると絶対、おかしいだろ。最近、外国人のヤツらが俺らの商売にちょっかいだすようになってきてさ。念のため調べて来いって」

「それで？　何か摑めたの？」

健三は肩を竦《すく》める。

「明日あたりから本気だそうかと。だって、少しはここの景色とか楽しまなきゃ損だろう」

熊山の兄貴がどの程度の人物か知らないが、人を見る目には欠けているようだ。あるいは、

ハッピー興業は相当な人材難なのかもしれない。

「殺された木下さんがジャーナリストだって知っていた？」

正美の問いに、健三はうんざり顔で首を振る。

「あの引きこもりのとっちゃん坊やがか？　知らねえよ」

「彼は不法投棄について、かなりの情報を得ていた。首謀者がハッピー興業である事もね」

「何が言いたい」

「彼はあなたがたにとって不都合な情報を摑んでいたんじゃない？　だから、殺した」

健三が座ったまま、ぴょこんと飛び上がった。

「ば、ばか言うな。俺はそんなことしてねえ。つ、月枝に聞いてくれれば判る。飯食った後、

俺たちはずっと部屋にいた」

「聞きたくても、彼女は気を失っている。あなたが殴ったせいでね」

「あれは悪かったよ。お喋りを止めようとして、つい手がでちまったんだ。あいつはあれで、店持ってるんだぜ。『チーフキッド』っていうカラオケスナックでさ、いつも大入り満員……」

「あんたは金輪際、出入禁止だよ」

いつの間に意識を回復したのか、赤くなった頰をさすりながら、月枝が言った。安岡に支えられながら、何とか立ち上がる。

「だけど、こいつの言う事は本当だ。ずっと部屋で一緒にいたよ。それに、こいつに人を殺す度胸なんてあるもんか」

「何だと、この……」

再び殴りかかろうとする健三を安岡が止める。

「ちょっと、やめてください」

そんな騒ぎをよそに、今まで隅に控えていた中佐古が、額を押さえながら尋ねた。

「あの、木下さんに何かあったんですか？」

「実は……」

傍にいた安岡が状況を簡単に説明した。

中佐古は相当に驚いた様子だったが、やがて誰に言うともなく、低い声でつぶやく。

「あの人、ジャーナリストだったのか」

その一言に、正美は引っかかりを覚えた。

「木下さんについて、何か気になる事でも？」

ダメ元で尋ねてみた。中佐古は正美に怪訝《けげん》な視線を向けながらも、あっさりと口を開いてくれた。

「男の人の写真を見せられてね。この人を見たことないかって。探偵か何かかと思ってたんだけど」

「男の写真？」

「携帯のデータだったけどね」

「男の名前は判りますか？」

「ええっと、何だったかな……」

中佐古は傷をさすりつつ、首を傾《かし》げる。

「古くさい名前だったよ。イノダとか、セイジュウロウ……」

「猪方清治郎？」

「そう、それ！」

木下が猪方博士の写真を持っていた……。それはどういう事なのだろう。何年も前に行方不明となり、既に失踪宣告もされているというのに。

だが、この奇妙な偶然を見逃すことはできなかった。可能性はほとんどないとはいえ、この一帯に怪獣がいると仮定するならば、それはデスリンドンをおいてほかにないだろう。そして、猪方博士はデスリンドンの研究者だった。

木下は切り札として、この情報を正美に隠したのだろう。

「なあ、もういいだろ。俺は部屋に戻るぜ」

健三が言った。一方の月枝は安岡の傍を離れようとしない。

「けっ、なんだ？　俺はもう用済みだってか」

安岡が顔を赤くする。

「あんた、そんな言い方はないだろう」

「テメエ、やんのか？」

「待ってください」

正美は立ち上がって言った。

「少し落ち着いて考えてみませんか」

「考えるって何を？」

「殺人犯についてです」

「はん?」

「木下さん殺しについてですよ。今ある情報を整理すれば、真実が見えてくるかもしれません」

「何だそりゃ。そういうの、何て言うんだっけ……そう、名探偵! 名探偵気取りかよ」

「警察も来られない中、黙って救助を待つだけでいいんですか?」

「そんなこと、俺には関係ない」

「関係ないどころではないですよ。あなたは立派な容疑者です。このまま警察が来れば、ただでは済まないと思いますけれど」

健三のトーンがとたんに弱まった。正美の目算通り、突かれると困る案件を多く抱えているに違いない。

「勝手にしろよ」

ぷいと顔を背け、月枝から一番遠いソファに深々と座りこむ。妙に子供っぽいところがあり、言動の粗雑さのわりに、心底憎むこともできない。

場が落ち着くのを待ち、正美は口を開いた。

「そもそも、木下さんはなぜ殺されたのか」

「ふん、判るかよ、そんなこと」

健三の悪態にかぶせるように、安岡が言った。

「彼がジャーナリストで、何かを探っていたとしたら、それが原因って事も考えられますよね」

中佐古もうなずいた。

正美は猪方の情報は敢《あ》えて伏せ、続けた。

「ですが、犯人は携帯やメモなど、情報が入っていそうなものをすべて残しています。それはおかしくないですか?」

「たしかに。全部、持ち去りそうなものですよね。あちこち探し回った様子もなかったし」

安岡という男、案外、観察力が鋭い。

「では木下さんはなぜ、この日、この場所で殺害されたのでしょうか」

「質問の意味が判らないわ」

月枝が言う。

「土砂崩れで道が寸断された事は置いておくとして、こんな場所で殺人を犯せば、自ずと容疑者が絞られます。現に、私たちはそのせいで疑心暗鬼になっている」

「たしかに。ホテルの部屋で殺したら、ホテルにいるヤツが犯人って、白状してるようなものね」

「ただ殺害するなら、ほかの場所でもいいわけです。自宅とか、道ばたとか。どうして、わざわざホテル滞在中を狙ったのか」

「そうせざるを得なかったのでしょう」

と安岡だ。やはり彼は鋭い。正美はうなずいた。

「その通りです。彼は何らかの情報を摑んだ。グズグズしていては、その情報を公開されてしまう。そうなれば、犯人は破滅。だから、慌てて殺害に及んだ」

月枝が苦笑する。

「推理がループしてるわよ、探偵さん。ならどうして犯人は、携帯とかを持ち去らなかったわけ?」

「忘れたんじゃねえの?」

「あんたは黙ってなさい」

健三の一言に対し、月枝がぴしゃりと言い放つ。これはこれでこの二人、なかなかのコンビなのではないかと思えてくる。

安岡が小さく手を挙げて言った。

「ボクが気になるのは、そんなことより、あのガラスの割れる音です。スパークリングのボトルが割れたみたいですけど、あれは何だったんでしょう」

「犯人が飲もうとして割ったんだろ」

「あんたじゃあるまいし。人殺した後にスパークリング開けるヤツがどこにいんのよ」

健三、月枝のやり取りには夫婦漫才にも似た愛嬌《あいきょう》がある。

正美は隅で押し黙っている登に尋ねた。

「あのスパークリングとワインは、出入業者から安価で仕入れたものだとおっしゃいましたね」

「そ、そう。間違ってたくさん仕入れたからって」

「スパークリングとワインはいつも扱っている銘柄ではなかったのですね?」

「ええ。皆さんにだしといて言うのも何ですが、聞いた事もないメーカーでした」

「そんなもん客にだしたのか。ひでえなぁ」

「あんた、タダ酒だって、うまいうまいってガブガブ飲んでたじゃない」

「うるせえ。こっちは酔えれば何でもいいんだよ」

「健三さん、月枝さん、少しお静かに願います」

「すみません」

頭を下げる二人を横目に、正美は言う。

「スパークリングやワインは瓶詰めされても、発酵そのものが止まったわけではありません。

ゆっくりですが、瓶の中では熟成が進んでいます。ですからごくまれに、使用されている瓶が粗悪なもので傷などがついていた場合、内部からの圧で瓶が破裂する事もあるのだとか」

登が目を丸くする。

「それって、まさか、あの瓶……も?」

「木下さんの部屋はなぜかエアコンが切られ、室温がかなり上がっていました。その温度のせいもあり、瓶が暴発した可能性は高いです」

「そんな事が。いやぁ、参ったなぁ」

額に手を当て、登はうめく。

健三が笑いながら言った。

「まあ、いいじゃないですか。誰も怪我しなかったんだし」

「バカ、木下さんが死んでるじゃないか」

と月枝。

「うるせえな。瓶と殺しは関係ねえだろ」

「それが、無関係とも言いきれないと思います」

正美の言葉に、二人は目をパチパチさせる。二人の後ろで、安岡がポンと手を鳴らす。

「そうか。なぜ、エアコンが切れていたのか」

「その通りです。今日は酷暑です。何か理由がなければ、エアコンを切ったりしないでしょう」

「どこかに出かけようとして、エアコンを切ったところを襲われた……とは思えないですね。ホテルの部屋を出る時、大抵はエアコンをそのままにしていきますもんねぇ」

「エアコンと同じく、我々が部屋に入った時、部屋の電気がすべて消されていた事も、考えるべきです」

「彼が襲われた時はまだ日が落ちていなくて明るかった。だから電気が消えていたのでは？」

「あの部屋は近くまで木々の葉が茂り、日の光を遮っています。あれでは、昼間でも電気をつけたままにしておかないと、暗いと思います」

「うーん、そうなると、やっぱり、部屋を出ようとした時に襲われた。そう考えるしかないんじゃないですか？」

「そうなると、遺体の見つかった場所が気になります」

「というと？」

「出がけを襲われたのだとすれば、遺体はドアから入ったすぐのところにあるべきでしょう？　どうして奥のリビングスペースにあったのか」

「犯人と争って、逃げたんじゃないですか？」

「真っ暗闇の中でですか？　それに、木下さんの遺体に抵抗の跡はありませんでした」

安岡はバンザイのポーズをする。お手上げという意味らしい。

「実は疑問はまだあるんです」

「まだあんのかよ」

「黙って聞きなさいよ」

「犯人はどうやって中に入ったのか。ドアは指紋認証でロックされていました」

月枝がそれに答えて言う。

「木下さんが自分で開けたんじゃないの？　だって犯人はこのホテルにいる誰かでしょう？　木下さん、部屋に閉じこもってはいたけど、一応、全員と顔見知りにはなっていたわけだし」

「そうなると、先の動機の件に戻ります。木下さんは犯人に関する何かを摑み、犯人はその事で木下さんを殺そうとした。そんな関係にある者が訪ねてきて、部屋に入れますか」

「まあ、入れないわね」

「もし入れたとしても、電気がすべて消えていた事の説明がつかないんです。襲われた木下さんが電気を消し、部屋の奥に逃げたのか。殺害を終えた犯人が自分で電気を消したのか。いずれにせよ、納得のいく答えは出てきません」

「でも、入るだけなら、できた人がいますよね」

　安岡が言った。その視線は、二階堂登と香葉に向けられている。

「支配人たちは、マスターキーを持っている。先も難なくドアを開けてましたよね」

「わ、私たちが⁉」

　登は手にしたコーヒーカップを取り落としかけた。香葉もまた、冷たい目で安岡を睨みつける。

「私たちが、お客様を手にかけたとおっしゃるんですか？」

　その剣幕に、安岡はたじろいだ。

「い、いえ、ボクはあくまで、可能性の話をしているだけで……」

　正美は言った。

「安岡さんのおっしゃった事はもっともだと思います。ただ、二階堂ご夫婦が犯人だとすれば、鍵がかかっていた事自体に疑問が生じます」

　健三があくび交じりに言った。

「疑問ばっかりじゃねえか」

「犯人は木下さんを自殺に見せかけるなどの偽装工作をしていません。ならば、鍵などかけなくてもいい。開けたままにすればいいのです」

　安岡もうなずいた。

「たしかに。鍵をかければ、今みたいに、かえって疑われることになる」

登が「ほっ」と胸をなでおろしている。香葉はなおも、厳しい表情を変えない。

そんな中、建三がまた気怠《けだる》い声で言う。

「だからさ、そろそろ、答えが聞きたいなぁ」

「それはそうね」

月枝が初めて同意する。健三がニンマリ笑ったところで、正美は言った。

「実は、木下さんが亡くなる少し前、私は彼と部屋で話をしていました」

健三が「へひっ」と奇声を発し、月枝が「何、バカなこと想像してんだい」と彼の頭をはたいた。

「もちろん、健三さんが想像されるような事は起きていません。ここで問題となるのは、話の内容云々《うんぬん》ではありません。私は彼からある話を聞き、部屋を出る際、彼に勧められたアイスコーヒーを飲みました。彼がフロントに依頼し、香葉さんが運んだものです」

香葉が小さくうなずいた。

「ええ。電話で注文をいただき、部屋のドアの前に置いておきました」

「私はそれを飲み、部屋に戻った後、眠ってしまいました。旅の疲れが出たのかと思っていましたが、もしかすると、違ったのかもしれません。あのアイスコーヒーには、睡眠薬が入っていたのかも……」

「何ですって」

香葉が鼻白む。

「まるで私がコーヒーの中に……」

「コーヒーはしばらくドアの外にありましたから。その間であれば、誰にでも薬を入れる事はできたわけですが……」

香葉が挑戦的な目で睨み返してきた。

「その中には、あなたも入るわけですね。先から、議論を主導なさっていますが、もしこの場に警察がいたとしたら、失礼ながら、あなたも容疑者の一人なのですよ。しかも、亡くなられた木下さんと最後に、それも殺害現場となった部屋でお会いになっている。私からすれば、あなたこそがもっとも疑わしい人物に見えます」

「私がコーヒーに薬を入れたのであれば、こんな場所で、わざわざその話題を持ちだしたりはしません」

「警察が来て、木下さんの部屋の指紋を調べれば、あなたのものが検出されるはずです。その時に備え、布石を打っておいたのでは？」

「私がコーヒーに睡眠薬を入れ、木下さんを昏倒《こんとう》させた後、彼を殺したと？」

「あなたが木下さんの部屋を出たのは何時ですか?」

「午後四時半です」

「その時に、木下さんを殺害したとしたら?」

「それはあり得ません」

「どうして、そう言いきれます?」

「中佐古さん、証言していただけますか?」

突然の指名にもかかわらず、中佐古は落ち着いた口調で答えた。

「ボクは、四時四〇分に木下さんに会っています」

香葉の顔にわずかな動揺が見られた。

「どうしてあなたが、木下さんの部屋に?」

「呼ばれたんですよ。昨日、写真を見せられた時、携帯の番号をきかれました。最初は断ったんですが、しつこくって。で、四時半に電話がかかってきて、部屋に来てくれと」

「用件は何だったの?」

「明日、町まで乗せて行ってくれないかと。断る理由もありませんでしたので、『はい』とお答えしました」

正美は香葉に向かって言った。

「私が木下さんの部屋に入ったとき、ドアを入ってすぐのところに、土が落ちていました。庭の花壇の土です。中佐古さんは午後、花壇の整備をされていたので、すぐにピンときました。私が部屋を出た時、そんなものは落ちていませんでしたから。当初、中佐古さんを疑ったりしたのですが、土は戸口だけで、書斎やリビングにはまったく落ちていない。リビングに入っていないということは、すなわち犯人でもない。彼は私が帰った後、部屋を訪ねただけだと考えました」

香葉は不満そうながらも、口を閉じる。一方で、安岡はしきりに首を捻《ひね》っている。

「こみ入ってきたなぁ。頭使いすぎて、眠くなってきちゃったよ」

「木下さんが飲んでいたコーヒーには睡眠薬が入っていた。彼は中佐古さんと会った後、眠気に負けて昏倒します。犯人はその後でやってきた。抵抗のできない木下さんを絞殺するのは簡単です。抵抗の跡がなかった理由にもなります」

「でもそれが本当だったとして、あなたが言っていたほかの疑問はほとんど解決しませんよ。犯人はどうやって中に入ったのか。なぜエアコンや電気を消したのか。なぜ携帯などを持ち去らなかったのか」

「そこで重要になってくるのが、破裂したボトルです。あの出来事は、暑さとボトルについていた傷という偶然の産物で、犯人にも予定外の出来事だったのです」

「まあそれはそうでしょうねぇ。あれを故意に引き起こそうとしたって、無理だろうし」

「ではもし、あの時、ボトルが破裂しなかったら、どうなっていたでしょうか」

「どうって、誰も木下さんの部屋に入ろうなんて思わなかった……あっ」

「地震のせいでこんなことになってはいますが、もしボトルの破裂も、地震もなかったとしたら、私たちは木下さん殺害には気づかず、そのまま朝を迎えていたと思います」

「それが何だというのです」

香葉が言った。

「深夜でも朝でも、同じ事ではないですか?」

「犯人は遺体を移動させるつもりだったのではないでしょうか」

「移動?」

「ええ。皆さんが寝静まってから、日が昇るまで、時間はたっぷりあるはずだった。犯人はあらためて部屋に入り、遺体を移動させる計画だったのです。だから、ポケットの中のものなどを持ち去らなかった。そして、遺体しかない部屋のエアコンは、電気代がもったいないからと切った」

すぐに反論があるかと思ったが、香葉は押し黙ったままだった。正美は続けた。

「これらの事を行うには、木下さんの部屋に出入りしなければなりません。指紋認証で自動ロックがされる部屋に自由に入れる。それは、マスターキーをお持ちの方だけです。そうですよね、登さん、香葉さん」

「私たちが、犯人だと言うの？」

「これはあくまで仮説です。ですが、この後、警察が来て現場を徹底的に調べれば、あなた方の犯行を示す証拠が確実に出てくるはずです」

　香葉は薄く笑った。

「そんなこと、あり得ない」

「え？」

「警察が現場検証することなんてあり得ない」

「どうして、そう言いきれるのです？」

「警察が来るころには、もっと大変なことになっているからよ——」

　床が鳴動し、正美は体ごと投げだされた。他の者たちも床に伏せ、身動きができない状態だ。揺れは治まらず、壁や天井に亀裂が走る。窓ガラスにも、蜘蛛《くも》の巣状のヒビが入った。

「ぐぉぉぉぉぉ」

　正体不明の咆哮が、響き渡った。

　激しい揺れの中、香葉と登は互いに手を取り合い、楽しげに笑っている。

「年寄り二人だと思って、甘く見たわね。他の客も味方についてくれると考えた？　残念ね。私たちには心強い味方がいるの。いつでも私たちを守ってくれる――」

ホテルの倒壊が始まろうとしていた。早く外に出ないと、下敷きになってしまう。

ついに窓ガラスがすべて砕け散った。

「早く、外に出て。逃げて」

降り注ぐガラス片の中、正美は叫んだ。

中佐古が怪我も顧みず、健三と月枝を抱えて走りだした。ふらつきながら、安岡も続く。彼らの姿が闇の向こうに消えると、正美はあらためて、二階堂夫妻と向き合った。

「この揺れは、いったい何？」

「何者か知らないけれど、あなたには特別に教えてあげる」

だが、天井が崩れ、巨大な瓦礫《がれき》が落下してきた。危うく避けたものの、コンクリートの破片がバラバラと降ってくる。床はガラス片でいっぱいで、手をつくこともできない。

「ぐぉぉぉ」

新たな揺れが起き、弾《はじ》き飛ばされた。壁に叩きつけられ、正美は気を失った。

九

頰に当たる冷たい感触で、我に返った。冷たいコンクリートの床に横たわっている事に気づくまで、しばし時間がかかった。

自分の身に何が起きたのか。なぜ、自分がこんなところにいるのか——。

朧気《おぼろげ》な記憶が像を結んでくるにつれ、言い知れぬ恐怖が全身を駆け抜けた。

身を起こす。縛られてはおらず、手足も自由だ。狭く湿った部屋に、正美以外の気配はない。床は水に濡れており、壁には水が染みこんだと思われる茶色いシミが大きく広がる。椅子一つないガランとした部屋は、天井からぶら下がる電球にぼんやりと照らしだされていた。

正美の正面には鉄製の大きな扉がある。その向こうには何があるのか。慌てて開けようとして、手を止めた。正美をここに運びこんだのは、二階堂夫妻だろう。いったい自分をどうするつもりなのだろうか。

「気がつきましたか」

男の声がした。

「怖がることはない。こちらへ」

言いなりになる事への抵抗もあったが、今の正美に選択肢はない。ゆっくりとドアを開けた。

そこにもまた、思いがけない光景が広がっていた。

そこは巨大な洞窟だった。天井までは数十メートル、まるでドーム型野球場の真ん中に立っているようだ。正美の周囲には円を描くようにして投光器が並べられ、白く激しい光を放っている。それでも、洞窟全体を浮き上がらせることはできない。光の帯は深い闇へと飲みこまれていた。

その闇の中から、白衣姿の男が一人、歩み出てきた。

「二階堂登！」

ホテル内では穏やかに、控えめに、コーヒーを配って歩いていた男。それがいま、手を後ろに組み、奇妙な貫禄をともなって、近づいてきた。顔には場違いな笑みがはりついている。

「今日は記念すべき日になる。歴史に私の名が刻まれることになるのだからね」

「ここは、いったい何なんです?」

「ホテルの下にある地下洞窟さ。厨房からの隠し通路を通って行き来できるようになっていた。君がいたその小屋は、客人用の控えの間だよ。今までにも時々、君のような者が現れてね」

正美は振り返った。コンクリートで固められた、四角い箱形の小屋がある。

「質問の答えになっていません。ここは……」

「あなた！」

暗闇から声がする。すぐに息を切らせた香葉が現れた。

「あなた、時間よ」

登は満足げにうなずく。

「せっかくだから、私のすべてを君にも見せてあげよう。ついてきなさい」

登は香葉は、肩を寄せ合うようにし、悪路を互いに労《いたわ》りながら歩いていく。正美は二人と少し距離を保ちつつ、後に続いた。突然、天井が低くなり、道の横幅も狭くなった。投光器の光はもはや届かず、明かりは香葉の持つ懐中電灯だけだ。正美はポケットから携帯をだし、明かりを灯《とも》した。身体検査をされた様子もなく、財布などなくなっているものもない。

私の正体を調べなかったのか。

その事がかえって不気味である。

通路は狭まり、腰を落とし、所々、半身にならねば抜けられない場所すらあった。

これだけの閉塞感だ。閉所に対する耐性は高い方だと自覚しているが、今回ばかりは、すべてが見えなくて良かったのかもしれない。

「歩きにくくてすまないね」

登の声が聞こえた。

「元々はさっきの場所のように広い洞窟だったのだよ。先の揺れで崩落があり、このような状態になってしまったようだ」

「完全に塞がってしまわなくて、よかったわ」

と香葉。正美は自身の足元を照らし、必死に後を追いながら、尋ねた。

「いったい、何処に向かっているの？」

「来れば判るわ。もうすぐよ」

既に二十分は歩いているだろうか。それにしても、工神湖の地下に、こんな地下洞窟があったなんて。

正美の心を読み取ったかのように、登の声が響く。

「この半世紀、日本は怪獣対策にばかり血道を上げてきた。割を食ったのは、他の学問だ。怪獣学とは無関係の地質調査などには、予算も人員もほとんど割かれなかった。この楽園も存在自体は知られていたが、怪獣学には関係ないと放置されてきたのだ」

「余計なお喋りは止めて。急がないと。そろそろ……」

香葉の声には緊迫感があった。

「判ったよ」

二人の足音が早まった。彼らの光を頼りに、正美も懸命に歩速を上げる。

さらに十五分ほど歩いた時、二人がようやく歩みを止めた。

「おお、ここは無事だった。素晴らしい」

登の声がする。

地面に半分めりこんだ岩を乗り越えたとき、白い光に目を撃たれ、思わず手で目をおおった。

「ああ、申し訳ない。電気設備はすべて生きているようだ。ゆっくりと目を開いてみなさい」

教授が生徒にするような物言いだ。屈辱を感じつつも、言われた通り、ゆっくり目を開く。

「これは……」

そこにもまた、驚くべき光景が広がっていた。先よりも遙かに広い地下空間だった。ドーム型の天井、岩壁に沿って並ぶ投光器。だが先の広間とは大きく違う点があった。正美の眼前にあるのは、暗く冷たい水をたたえた池、いや湖だった。

「地底湖……」

登の得意げな声が響く。

「ここは工神湖に繋がっている。水深は測ったことはないが、かなり深い。これほど水量が豊かな地底湖は、世界でも珍しいのではないか。強固な岩盤と微妙な傾斜が作りだした、自然の芸術だよ」

「その芸術で、あなたはいったい何を?」

「判らないかね」

その言葉を合図に、香葉が投光器の後ろへと回る。そのまま岩壁の前まで行くと、その一部を押した。正美の位置からだとよく見えなかったが、鉄製の扉が設けられているようだ。ギリギリと耳障りな音をたてて開いていく。その向こうがどうなっているのか、正美からは見ることができない。

一分ほどで、香葉は戻ってきた。肩に太い丸太のようなものをかついでいる。相当な重さなのだろう、香葉はふらつきながら、懸命に支えている。そんな様子を、登は手伝いもせず、微笑みながら見守っている。

香葉が地面に丸太状のものを投げだした。それは、何かをビニールシートでくるんだものだった。表面が白くなっているのは、冷凍されていたためか。

強《ごわ》つくビニールシートを、登は足で蹴りはがしていく。

「ひっ」

正美の足元に転がり出たものに、思わず悲鳴がもれた。

凍った人間が仰向けになって横たわっていた。面変わりしているが、写真で見た長草課長に間違いなかった。全裸の状態で、濁った目が黒く湿った天井の岩肌を見上げていた。

「奥にあるのは、冷凍庫だ。一旦、ホテルの厨房で保管し、時期を見てこちらに移す。最近は調達が楽になって助かったよ」

「いったい、何の事を言っているのか……」

「そろそろ時間だ」

香葉が長草の遺体を抱え上げた。見れば湖の畔に、ゴムボートが浮かんでいる。その上に遺体を投げ入れると、足でボートを押しやった。波のない不気味に光る黒い水面を、ボートはゆっくりと回転しながら進んでいく。

地底湖の全貌は闇に包まれていて見る事ができず、果たしてどのくらいの大きさなのかも判らない。ボートはゆっくりと闇の中に消えていく。

登が正美を振り返り、不気味に笑う。

「木下君も同じようにしてやろうと思っていたのに、君が邪魔するから」

「やはり、彼はあなた方が？」

「ほぼ君の言った通りだよ。真夜中に遺体を部屋から運びだし、ここに持ってくる予定だった。おまえがいけないんだ。わずかな電気代をケチって、エアコンを止めるから」

「仕方ないでしょう。私たちの財産はもう底をついているんですから」

「まったくおまえは強欲だな。私はもう満足だ。何もいらない。あれを見た時の、皆の驚く顔が楽しみだ」

闇に向かって笑う登の声に、正美は狂気を感じ取った。

ゴボゴボと泡が弾けるような音がして、湖の水面が大きく盛り上がった。突然の嵐に襲われたかのように、波が岸に打ち寄せる。波に押し戻され、一度は視界から消えたゴムボートが岸の方へと戻ってきた。

「ぐぉぉぉぉ」

その咆哮は、何度か聞いた声だった。黒く巨大な何かが、湖の中から姿を現わしつつある。激しい水しぶきが、正美のところまで飛んできた。

「あれは……」

水面に姿を見せた物体は、ゆっくりと投光器が照らす輪の中へと進み出た。

「デスリンドン……」

ワニのように突きだした口と顎、短い腕、対照的に大きな手と水かき。後頭部から突き出た角と赤く光る両眼は、デスリンドンの特徴的な部位でもある。下半身が水中にあるため、足、尻尾などは確認できないが、デスリンドンと同定して間違いない。

「どうして、こんな所に……」

「衛星による索敵からただでさえ逃れやすいデスリンドンが、この地底湖に潜んでいれば、まず見つかる事はない」

「でも、凶暴な肉食獣であるから、餌の捕獲時には……」

ようやく、正美にも事の真実が見えてきた。

「まさか、飼育していたの？」

登は香葉と目を合わせ、言った。

「ようやく判ってくれたよ。それにしても、デスリンドンを見ても悲鳴一つ上げず、冷静に個体識別をやってのける。君は怪獣省の人間だな。大方、彼を探しに来たのだろう」

湖面では、長草を乗せたボートが、波に翻弄されていた。

デスリンドンがボートに視線を定めると、巨大な口を開き、ボートに食らいついた。波しぶきで長草の体は一瞬で見えなくなった。

「あれだけの巨体だが、驚くほど小食なのだよ。人間一体あれば二日は大人しくしているよ」

「怪獣を人間が育てるなんて、そんな事……」

「できるわけがないと？　君は成功例を目《ま》の当たりにしているのだよ」

食事を済ませたデスリンドンは、なおも湖の中にたたずんでいる。湖畔には香葉がおり、優しげな眼差しで、デスリンドンを見つめていた。

「なぜ？　ホテルの経営者であるあなた方が、どうしてそこまで怪獣に？」

「探偵を気取ってみたところで、君の想像力はそのあたりが限界のようだね」

登は頭髪に手をやると、それをむしり取った。銀髪の下から現れたのは、短く刈りこんだ黒髪だ。雰囲気はまったく異なってはいるが、骨格、顔かたちの印象には覚えがあった。

「猪方清治郎博士！」

「判ってくれたかね。私は妻とともにいったん身を隠し、新たな身分を手に入れたのだ。二階堂というね」

「では、本物の二階堂夫妻は？」

「デスリンドンの一部となってもらった」

吐き気がこみ上げてきた。そんな正美に、香菜いや、猪方夫人、亜矢の冷たい声が追い打ちをかけた。

「人里離れた湖畔でホテル経営をしている変わり者だったから、入れ替わるのはわけないことだった。多少の整形は必要だったけれど。彼らの財産も、ありがたく使わせていただいたわ。この洞窟に電気を引き、研究施設を造り、あの子を育て上げた」

湖上のデスリンドンが「グルグル」と唸《うな》る。まるで、亜矢の言葉が理解できているようだった。

猪方博士は亜矢の元へ行くと、手を繋いだ。

「五年前、私たちは西インド諸島の島で、デスリンドンの卵を五個見つけた。本来ならすぐに報告すべきだったが、私は当時、怪獣研究に絶望してね。研究成果を発表したところで、皆の興味は、その個体をいかにして殺すか、にしかない。興味深い生態や繁殖方法などは二の次だ。卵の事を報告すれば、研究の後、すべて破壊されてしまうだろう」

亜矢も恍惚《こうこつ》とした表情で続ける。

「我々は卵を日本に持ちこんだの。夫は怪獣研究の第一人者だったから、研究資料の名目でリストを提出すれば、荷物を調べられることもなく入国できた。その後、卵の研究に最適な場所を探したの。それがここ、工神湖の地下洞窟」

「二階堂夫妻の件といい、神の配剤としか思えなかった。私たちはすぐに計画をたて実行した。ここに卵を運びこんだ後、いったん海外へ。自分たちを死んだこととし、二階堂夫妻に似せて整形もした。ニセのパスポートで入国。二階堂夫妻と入れ替わった。その直後だ、卵の一つが孵化《ふか》したのは。それがこのデスリンドン。私たちが育てたんだ。そのデータはすべて保存してある。これは革新的な研究だよ」

「そのために、いったい、何人殺したんです?」

「デスリンドンの生育速度は驚くほど速くてね。半年で数メートルの大きさとなった。当然、多くの食料が必要となる。当初は牛肉や豚肉を使っていたのだが、徐々に、食欲が衰えてきてね」

「そこで試してみたのが、殺して冷凍しておいた二階堂夫妻の遺体よ。その食べっぷりを見て確信したの。デスリンドンの好物は人間だと」

「あなたたち、狂ってる」

「今の世の中、金さえ積めば死体くらい手に入る。餌は二日に一度と言ったが、毎回、人である必要はない。動物を混ぜながら、月に一、二体といったところかな」

「デスリンドンはとても従順よ。餌をコントロールすることで、ある程度、意志の疎通もできる」

道路の寸断やホテルの倒壊を招いた揺れ。あれらはすべてデスリンドンが地底を移動することで起きたものだろう。猪方夫妻は、デスリンドンを操り、意図的に揺れを起こさせたというのだろうか。

「そんなことが、できるはずない」

「自身の常識に縛られてはならない。事実を直視したまえ。もっとも、君に残された時間はあとわずかだがね」

猪方博士がデスリンドンを見上げた。赤い目が光を増し、正美に向かって低い唸り声をだした。

ヤツは自分を認識している。敵対する相手として。餌として。

怪獣省に所属するという責任感が恐怖の前に消し飛んだ。気が遠くなりそうになるのを堪《こら》え、ふらつく足に力を入れる。猪方夫妻の前で、これ以上の醜態は晒したくない。

猪方博士は、薄笑みを浮かべつつ、正美に近づいてくる。

「生き餌になどしないから、安心したまえ。だが、抵抗は無意味だ。不法投棄にやって来たヤツらの中には、活きの良すぎる者もいてね。彼らの末路は悲惨だったよ」

「彼らの行方不明事件は、やはりあなたたちが？」

「彼らのおかげで、湖の水質が乱れ、デスリンドンの生育にも悪影響が出始めた。工神湖の森については、私たちほど詳しい者はいない。麻酔薬を打ちこめば、いくらでも狩れる」

猪方が眼前に立ちふさがった。

その右腕には薬剤の入った注射器があった。正美にはもはや、抵抗の気力は残っていない。

デスリンドンが赤子のような鳴き声を発した。

「苦しませたりはしない。約束しよう」

正美は目を閉じた。

「こういうヤツらの事をマッドサイエンティストっていうんでしょう？　あってますか？　岩戸予報官」

――聞き覚えのある声だった。だが、彼がこの場にいるはずがない。猪方夫妻以外、誰も知らないこの場所に。

正美は目を瞠《みは》った。

岩壁のドアに、銃を構えた船村《ふなむら》が立っていた。

「瓢箪《ひょうたん》から駒って言うが、不法投棄の捜査から、まさか怪獣が出るなんてね」

「あ、あんたは……」

「動くんじゃない！」

船村の一喝で、猪方に駆けよろうとした亜矢がびくりと身を震わせる。

皺一つない黒のスーツを着た船村は、猪方博士に銃を向けたまま正美に近づいてきた。

「もう少し早く来たかったんだが、ここへの出入口が判らなくてねぇ。夫人の跡を尾《つ》けて、ようやく突き止めたってわけだ」

「でも、どうして船村さんが？」

「怪獣通報と不法投棄が重なったので、うちにお鉢が回ってきたんですよ。内偵を続けていたところへ、岩戸予報官、あなたが飛びこんできたってわけで」

船村が正美を抱え起こしてくれた。

「でも、道は寸断されていて……」

「今日、明日あたりが山だって情報を貰いましてね。昨夜から出張ってたんですよ」

「情報？」

「中佐古ってのがいたでしょう？　あれ実は、うちの仲間なんですよ」

「き、きさま、いったい何者だ!?」

声を上げたのは、猪方だった。船村は言う。

「あんたの正体はとっくに掴んでいたんだ。ただその目的が判らなくてねぇ。まさか、こんな地下洞窟に怪獣とは」

船村はくるりと振り返ると、猪方に向かって言い放った。

「警察庁公安部怪獣防災法専任調査部の船村だ。おまえらのやっている事は、重大な怪獣防災法違反でもある。速やかに収集したデータを渡し、この場を明け渡せ」

「そ、そんなことが……」

背後に控えていたデスリンドンが突然、頭を上げ、大きく咆哮した。

「ぐぉぉぉぉ」

猪方が勝ち誇ったように笑う。

「銃一丁で乗りこんできた度胸だけは誉めてやる。だが、デスリンドンの前ではおまえなど、無力なのだよ」

地を震わせる咆哮を耳にしながらも、船村は冷静だ。

「怪獣を意のままに操れている。本気でそう思っているのか？」

答えたのは亜矢だ。

「デスリンドンは私たちの命令に従う。事実、彼は土砂崩れを起こし、ホテルを破壊した。私たちの命じたままに」

「ヤツにある程度の知能があることは認めるさ。だが、それはあくまで、自身の生存本能に依《よ》るものじゃないのか。おまえらの勝手な思いこみで怪獣を判断すると、痛い目に遭う。そうだよな、岩戸予報官」

「怪獣と人間は絶対に相容《あいい》れない。共存だの意思の疎通だのは幻想だ」

「その認識が大きな過ちであることを、いま、証明してやる。デスリンドン！」

猪方の声で、デスリンドンが前進を始めた。湖の中から洞窟内部へと這《は》い上がろうとしている。迫り来るデスリンドンの足元で、亜矢が狂ったように笑い続けている。

「かわいい、デスリンドン。邪魔するものは排除して……」

デスリンドンの巨大な手が、亜矢に向かって伸びる。

「え？」

巨大な爪と水かきの間に挟まれた亜矢の体は、あっという間に見えなくなった。

人のものとは思えない悲鳴とともに、亜矢の小さな体がデスリンドンの口の中へと消える。

「ほうら、あんたらの子どもが怒ってるぞ」

船村は銃口を猪方に突きつける。

「データを渡せ」

デスリンドンが湖の水を跳ね飛ばすため、周囲には雨のように水が降り注ぐ。猪方も船村も、正美も足の先まで濡れそぼっていた。

「嫌だ。これは私の命をかけた研究だ」

「なら仕方がない。あきらめよう」

船村は正美を促し、出入口である扉の方へと退避し始めた。

荒れ狂うデスリンドンは巨大な全身を現わし、長くしなる尻尾を洞窟の壁面へと叩きつけている。固い岩盤も数度の打撃で表面が削れ、ヒビが入り始めていた。

そんな鬼神のごとき怪獣を、猪方はただ見上げていた。

正美は船村に押されるようにして、扉の向こうに繫がる狭い通路へと入った。船村が扉を閉めようとした時、猪方の声が聞こえた。

「デスリンドン、我が子よ。おまえなら判るだろう？　ヤツらを殺してくれ、そして……」

猪方は両腕を高々と挙げ、恍惚の表情で前進するデスリンドンの前に立つ。

「ぐぉぉぉ」

「デス……リンドン?・」

デスリンドンはそのまま猪方を踏み潰した。

船村は扉を閉める。通路全体が大きく鳴動し、天井からパラパラと剝がれたコンクリート片が落ちてきた。

「急いで。崩れるぞ」

天井にはわずかな明かりがついていたが、振動のたび、それらは明滅する。船村の後を追って、正美は懸命に駆けた。

階段を駆け上がり、大きなカーブを抜けたとたん、目の前に光が溢《あふ》れた。

出口だ。夜明け近く、晴れ渡った森の向こうがほんのりと明るくなっている。

飛びだした二人を迎え入れたのは、迷彩服に身を包んだ五人の男女だった。一番左に立つ男性は、あの中佐古だ。

「ご無事で」

船村を気遣いながら、通路の奥を覗きこむ。

女性隊員の一人が、正美を抱え、魔法瓶に入った白湯《さゆ》を飲ませてくれた。

「ありがとう」

船村はスーツの裾をなびかせながら、この場から撤退するよう指示をだす。

人心地のついた正美は現在地を確認するため、辺りを見回した。

湖の畔、かつてホテルのあった場所から湖に沿って百メートルほど移動した場所だった。目の前にはこんもりとした森があり、暑さにも負けぬ深い緑の葉が風を受け騒いだ。

「中佐古さん、残りの人たちはどうなったんです？」

どこか憎めない健三、そして月枝。大人しそうに見えて鋭い感性を持つ安岡。

中佐古はうなずきながら言った。

「全員無事です。道を少し下ったところにある平らな場所で、待機してもらっています」

「それを聞いて、安心しました」

船村が言う。

「安心はまだ早いですな」

湖畔の一部が大きく陥没した。開いた穴に湖水がドウドウと流れこみ、渦を巻く。その中から、デスリンドンが姿を現した。口を大きく開き、後頭部の角を振り立て、威嚇している。太い腕で力任せに水を掻き、流れに逆らい泳ぎだす。

「こいつは思っていた以上に難敵だ。道は塞がれているし、こっちには逃げ場がない。追い詰められたら、おしまいだ」

デスリンドンは確実に正美たちを認識している。それが縄張りを荒らす敵としての認識なのか、餌としての認識なのか、たしかな事は判らない。

何しろ、相手は人間に育てられ、人を餌にしていた変異種とでもいうべき個体だ。研究者にとっては、喉から手が出るほどに欲しい研究材料だろう。

だが所詮、怪獣は怪獣だ。

正美は皆とともに森の中へと駆けこみながら、携帯を取りだした。

パスコードを入力し、サイドキーをダブルクリックする。

画面が赤く光り、緊急モードへと移行した。

地上の回線が使えない場合、怪獣省所有の衛星を使い、通信ができるのだ。

発信したコードは、ダイレクトに平田統制官に繋がる。

「平田だ」

「岩戸です。予報官権限で第三種警戒態勢の発令を要請します」

「了解した。怪獣出現を認め、索敵班の活動は終了。作戦活動の全権を予報班に委任する」

「発令後、即時に第四種警戒態勢に移行。攻撃地点は岩戸のＧＰＳ座標と同一」

「了解した。作戦活動の全権を予報班から殲滅班に移行させる。以後、予報班は殲滅班と連携を取りつつ、怪獣殲滅に全力を尽くせ」

「了解」

三秒足らずで、殲滅第三班班長海江田《かいえだ》が応答した。

「殲滅班海江田だ。状況を報せ」

「怪獣の種別、デスリンドドン。出現地点、青森市中央区工神湖地区」

「衛星画像により、デスリンドドンを捕捉」

「デスリンドドンの急所は腹部。特殊鉄鋼杭による攻撃が有効とされている」

「了解している。既に、大間原《おおま》発跡地より、スピアーが発進した。工神湖到着は今から一分三十秒後。予報官にあっては、安全圏に退避されたし」

通話は切れた。

「スピアーってのは、何なんです？」

船村が尋ねてきた。

「デスリンドドンを倒す特殊鉄鋼杭『イノガタ』を射出する事ができる戦闘機です」

船村が顔を顰《しか》める。

「その名前、変えた方がいいいな」

「同感です」

森の中に逃げこんだ正美たちを見失い、デスリンドドンは苛立たしげに頭部を上下させている。

正美たちの頭上を轟音《ごうおん》とともに、銀色の戦闘機が飛んでいく。機体の腹には、鋭い特殊鉄鋼杭が装備されている。デスリンドンは爆音に驚き、上空を仰ぎ見た。その隙をパイロットは見逃さない。特殊鉄鋼杭を発射する。「イノガタ」は一直線に対象へと向かい、その腹部を貫いた。

鮮血が溢れだし、湖面の色を変えた。デスリンドンは両腕をばたつかせながら、まるで赤子が泣くような、甲高い悲鳴を上げる。

「うぇぇぇぇぇぇん」

その声はいつまでも止むことなく、工神湖一帯に響き続けた。

エピローグ

「対象殲滅《せんめつ》。作戦を終了する」

殲滅班班長海江田《かいえだ》の声とともに、移動指揮車内のメインモニターが消える。正美《まさみ》は肩の力を抜き、ゆったりとシートにもたれかかる。その背後から、尾崎《おざき》が躊躇《ためら》いがちに声をかけてきた。

「岩戸《いわと》予報官……」

「判っている。今日はもういいから、早く戻ってあげなさい」

「ありがとうございます」

そそくさと身支度をすませ、尾崎は指揮車を出て行った。

彼は先月、結婚したばかりだ。せめてひと月くらいはのんびりさせてやりたかったが、怪獣相手ではそうもいかない。結婚後、今回で二度目の出動だった。

怪獣省の離婚率がまた上がらなければいいけれど。

正美はサブモニターで各局のニュースを映しだす。先週行われた総選挙で与党が大勝、怪獣省は土屋《つちや》大臣が留任と決まった。与党の支持率が高止まりしているのは、偏《ひとえ》に怪獣対策の成功と怪獣防衛産業による好景気の賜《たまもの》だ。在任十二年、怪獣大臣とも呼ばれる土屋を変える度胸は首相にもあるまい。

一方で、怪獣防衛一辺倒の政治に対する疑念も生まれ始めていた。別のモニターでは、土地接収への抗議デモが取り上げられていた。怪獣防衛のため、海岸線などを始め「危険地域」と指定された場合、住人は無条件で土地を明け渡さねばならない。今や日本の海岸線はほとんどすべてが居住不許可地域であり、観光資源も軒並み破壊されてしまった。怪獣防衛を御旗に掲げ、強権的な政治を行う与党に対し、国民の不満が溜《た》まり始めているのだ。

命を張って怪獣から国民を守っている自分の職務は何なのだろう。正美は時おり、言いようのない無力感に苛《さいな》まれる。感謝されこそすれ、なぜ不満をぶつけられねばならないのか。自分たちがいなければ、日本はかつての姿に逆戻りだ。怪獣に怯《おび》え、日々の生活すらままならないかつての姿に。

ふと船村《ふなむら》の顔が浮かんだ。工神湖畔《こうじんこはん》の事件以来、彼には会っていない。そうそう会いたい相手ではないが、彼は常々、人は怪獣より怖いと漏らしていた。思えば、船村とともに捜査した三つの事件は、どれも怪獣を自身の欲望のために利用したものであった。

怪獣はそんな人の傲《おご》りに対する罰として、この世に現れた。そんな事を言う宗教学者もいた。今の正美には、それを信じる人々の気持ちが判らなくもない。人はおのれの愚かさともう一度、向き合うべきなのか。

いや——、正美は一人、拳を握りしめる。

怪獣によって家族を、愛する人を、住む場所を、すべてを、奪われた人々の顔が正美の脳裏を通り過ぎていく。正美自身、京都の怪獣災害で両親と妹を一夜にして失った。あの時の恐怖、悲しみ、怒りは今もまったく風化していない。

誰が何を言おうと、怪獣は一匹残らず、すべて叩《たた》き潰す。命を守るためであれば、手段は選ばない。怪獣省のやり方は、現状、考え得る最善の策のはずだ。

そう自らに言い聞かせるが、疑念は消えてくれない。そしてまた、自信が揺らぐ。

私は間違っているのだろうか。

大倉崇裕（おおくら・たかひろ）
一九六八年京都府生まれ。学習院大学法学部卒業。九七年、「三人目の幽霊」で第四回創元推理短編賞佳作を受賞。九八年、「ツール＆ストール」で第二十回小説推理新人賞を受賞。二〇〇一年、『三人目の幽霊』でデビュー。代表作である白戸修シリーズ、福家警部補シリーズ、警視庁いきもの係シリーズはいずれもTVドラマ化されている。近年は『名探偵コナン』や『ルパン三世』といった作品の脚本も手掛ける。怪獣や特撮への造詣も深く、『ウルトラマンマックス』の脚本にも参加している。

殲《せん》滅《めつ》特《とっ》区《く》の静《せい》寂《じゃく》

警《けい》察《さつ》庁《ちょう》怪《かい》獣《じゅう》捜《そう》査《さ》官《かん》

SILENCE IN THE SPECIAL ERADICATION ZONE
Monster Investigator, National Police Agency
Okura Takahiro

二〇二三年　一月一〇日　初版発行

著者　大倉崇裕《おおくらたかひろ》

発行所　株式会社二見書房
東京都千代田区神田三崎町二－十八－十一
電話　〇三（三五一五）二三一一［営業］
〇三（三五一五）二三一三［編集］
振替　〇〇一七〇－四－二六三九

印刷・製本　株式会社堀内印刷所

ISBN978-4-576-22196-0
https://www.futami.co.jp

この作品はフィクションです。

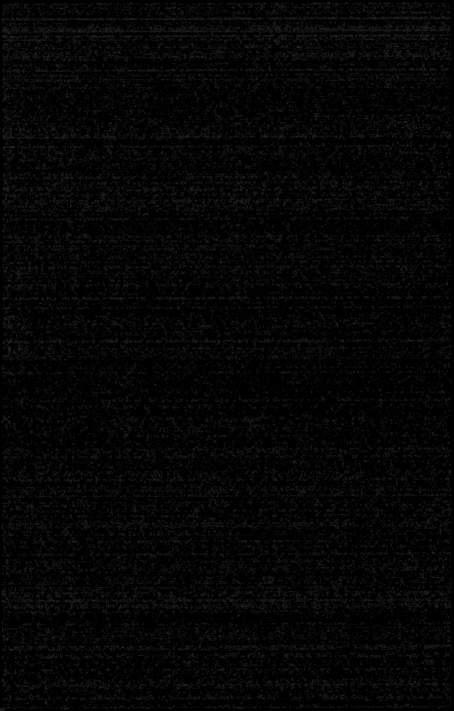